悩める平安貴族たち

山口 博
Yamaguchi Hiroshi

PHP新書

はじめに

　桐壺帝《きりつぼのみかど》の第二皇子として生まれながら、皇族の身分を離れて臣下に降《くだ》り、「源《みなもと》」姓を名乗る男がいた。光り輝くような美男子なので「光」をつけて「光源氏《ひかるげんじ》」と通称された。その光源氏を主人公として色好《いろごの》みの生涯を描いた物語が、紫式部《むらさきしきぶ》作の長編『源氏物語《げんじものがたり》』五十四帖《じょう》の中の第一帖「桐壺」から第四十一帖「幻《まぼろし》」までである。

　物語の冒頭部分は「いづれの御時《おほむとき》にか」とあり、時代設定をぼかしている。しかし読んでいくと、天皇の妃《きさき》である中宮《ちゅうぐう》・女御《にょうご》・更衣《こうい》・御息所《みやすどころ》や、太政大臣《だじょうだいじん》、大納言《だいなごん》などの官職名が見られるので、これは平安時代の物語であることが分かる。更に読み進めば、平安時代の最盛期、十世紀から十一世紀、摂関《せっかん》政治の時代であることを知るだろう。

　作者である藤式部《とうのしきぶ》が、登場人物の紫上《むらさきのうえ》になぞらえて紫式部と呼称されたり、物語中の源内侍《げんのないし》のモデルとして、作者の実在の義姉《ぎし》である源内侍が取り沙汰《ざた》されたりするのも、物語の世界が、紫式部と同時代として読まれていたことの証《あかし》である。その意味では『源氏物語』は時代小説ではなく、現代小説であった。

　摂関時代を論じた歴史書は多い。それらの多くは、例えば藤原道長《ふじわらのみちなが》の日記『御堂関白記《みどうかんぱくき》』

などを史料として論じているが、そこからは、道長が夜に紫式部を訪れて冷たくあしらわれた、というような人間味を理解することはできない。

現職の左大臣源高明《たかあきら》が左遷《させん》された安和《あんな》の変について、歴史学ではその原因や動向を追究するが、その陰で泣く女がいたことに触れることはない。紫式部が光源氏の口を借りて、「歴史などは人間の一面しか書いていない」（『源氏物語』第二十五帖「蛍《ほたる》」）と言う通りだ。それなら人間の全体像を描いているのは何か。それは物語であり和歌である。

本書は、歴史学が見逃《みのが》している、主として和歌に注目した。平安時代の和歌を掲載する歌集は、『古今和歌集《こきんわかしゅう》』から『新古今和歌集《しんこきんわかしゅう》』に至る勅撰八代集《ちょくせんはちだいしゅう》だけではない。『紫式部集』『清少納言集《せいしょうなごんしゅう》』など、個人歌集が平安時代だけでも百七十二人分は知られている。そこには、自然の美しい風物を愛《め》でる花鳥風月《かちょうふうげつ》の歌は少なく、躍動する人間の日常の姿が刻み込まれている。これらを取り込むことにより、初めて藤原道長や紫式部の生きる姿、彼らを囲む王朝貴族たちの色好み、政権争い、栄光と没落など、悩める平安貴族たちの群像図絵を画《えが》き出すことができるのだ。

彼らが生きて躍動しているからには、悩める中にも生きがいが何であったのかを、まず考えよう。生きがいは男女により異なる。

貴族の世界の女のスタンダードな生きがいは、職と結婚、つまり女房《にょうぼう》としてどこに宮仕えするか、どのような男と結婚するかである。職は伝手《つて》を頼って得ることができるし、転職も可能である。難しいのは結婚で、法律で縛《しば》られた結婚ではない上に、男が女のもとに通う通い婚なので、女が高齢になり男の足が遠のくと、途端に人生の黄昏《たそがれ》を迎え、家を売る女も少なくなかった。そこで高齢になっても面倒を看《み》てくれそうな男を求めることが、女の目標の一つになった。和泉式部《いずみしきぶ》は三、四十人程の愛人を持つが、これも頼みになる男を求めてのことか。

平安の女の特色ある生きがいに、「書く」ということがあった。紫式部は『源氏物語』を書くことにより、ともすれば落ち込む心を励まし、清少納言は『枕草子《まくらのそうし》』を書き綴《つづ》ることにより、個人臭は強烈だが宮仕えの実相を露《あら》わにした。日記を書いた女もいた。紫式部は物語と日記を書き、菅原孝標《すがわらのたかすえ》の娘も『更級日記《さらしなにっき》』と長編を含め四本の物語を書いた。

男の生きがいは、「出世」「恋」「富《とみ》」のトライアングルである。道長は息子が出家すると言い出した時に、「官位が不足なのか、女が手に入らないのか」と言った。この言葉は男の生きがいが何であるかを実によく示している。

彼らは、位階《いかい》という三十階級のどこかに位置付けられ、途中に踊り場が二つある。一つ目の踊り場を越えると中流貴族になり、もう一つ越えると上流貴族になる。踊り場を越えることができるかできないか、よりよい官位を獲得できるかできないか、上流への憧《あこが》れと上昇志向、男はそこに生きがいを見出《みいだ》していた。

もう一つの生きがいの「恋」は、例えば『古今和歌集』二十巻のうち五巻は恋の巻であり、左大臣源高明の歌集『高明集』全七十八首が、恋の贈答歌か独詠歌《どくえいか》であることによっても分かる。『蜻蛉日記《かげろうにっき》』の作者の夫藤原兼家《かねいえ》は「三妻錐《みつめぎり》」とあだ名されていたように、三人の妻を持っていた。道長は妻を二人持ち、一人の妻を大切にしている息子頼通《よりみち》に、「男子たるもの、妻たった一人でよいものか。お前はバカ者だ」と罵《ののし》っている。光源氏も、紫上という正妻がありながら女三宮《おんなさんのみや》を迎える。一般には、恋して最良の妻を得るのだが、その心の機微《きび》を恋歌にうかがうことができる。

政府から支給される俸給も、上流貴族などは極端に高額なので、「富」を生きがいにすることなどはないだろうが、中には顕職《けんしょく》を捨てて地方官になって蓄財に努め、富の力でのし上がった人物もいる。『源氏物語』の明石入道《あかしのにゅうどう》などはその典型だ。娘を光源氏の愛人にし、孫娘は中宮になった。

しかし、このトライアングルも「病《やまい》」になれば壊れる。医学や薬剤が発達しておらず、最も恐ろしい病は、生霊《いきりょう》や死霊《しりょう》、つまり物《もの》の怪《け》が取り憑《つ》いて祟《たた》りをなすことと考えられていた。治療法は取り憑いた物の怪を祈り出すための加持祈禱《かじきとう》だ。『源氏物語』では、光源氏の最初の正妻である葵上《あおいのうえ》が病の時には、加持祈禱により、ぞろぞろと物の怪が祈り出されたが、頑強に祈り出されない物の怪が六条御息所《ろくじょうのみやすどころ》の生霊で、遂《つい》に葵上を取り殺している。

御息所は死霊となっても紫上に取り憑き、危篤《きとく》状態に陥《おとしい》れたが、加持祈禱により紫上は蘇生《そせい》する。

道長の享年《きょうねん》は六十二、光源氏の話は五十二歳で終わる。十歳プラスしたらほぼ私たちの肉体年齢に近いだろう。「老」に達したのだ。道長は受戒《じゅかい》出家して仏にすがり、光源氏は同じく高齢に達した愛人たちの集《つど》う六条院《ろくじょういん》の経営者となり、

物思ふと過《す》ぐる月日も知らぬ間に　年も我が世も今日や尽きぬる

（物思いにふけって月日の過ぎていくのも知らずにいる間に、この一年も我が人生も今日でいよいよ終わってしまうのか）

光源氏（『源氏物語』第四十一帖「幻」）

と歌い、光源氏の物語は閉じられる。

万葉《まんよう》歌人で「貧窮問答歌《ひんきゅうもんどうか》」を作った山上憶良《やまのうえのおくら》は、「生まれれば必ず死はある。死を欲《ね》わないなら生まれなければいい」とドキッとさせる言葉を書いている。確かにどのように生きようと、生きている限り死は免《まぬが》れない。忘れ草に囲まれて妻の死の悲しみを忘れようとする男もいれば、辞世の歌を書きながら、最後の一文字を書くことができず死んだ男もいる。

平安時代約四百年間のうち、九世紀の薬子《くすこ》の変から十二世紀の源平《げんぺい》合戦に至るまでの三百七十年間は、大きな戦乱も少ない文字通り平安な時代だった。しかし、そこに生きる人々はどのように悩み、生きたかを、「生」「老」「病」「死」の四苦の順で、個人の歌集を主に和歌

を綴りながら話すことにしよう。和歌にこそ彼らの生き様《ざま》が描かれているのだ。

なお、個人の歌集は、一名につき名称の異なる複数の写本のある場合もある。例えば、藤原兼輔《かねすけ》の場合、『中納言兼輔集』『兼輔集』『堤《つつみ》中納言集』の名の写本があり、内容も歌の数も順序も異なり、同一歌も表記が異なる。適当に取捨選択して用いた。表題が「しげゆき」など仮名書きの写本は『重之』と漢字に改めた。

悩める平安貴族たち◆目次

第一章　女は生きる。恋に仕事に

第二章　文学に癒《いや》される女たち

第三章　男は出世競争に一喜一憂《いっきいちゆう》する

第四章　恋に取り付かれた男は、その身を焦《こ》がす

第五章　老いるということ

第六章　病《やまい》と死、このままならぬもの

第一章

女は生きる。恋に仕事に

女房《にょうぼう》生活を謳歌《おうか》していた清少納言《せいしょうなごん》

平安時代、親王《しんのう》家や上流貴族に仕える女を「女房《にょうぼう》」と呼んだが、最も著名な女房は清少《せいしょう》納言《なごん》と紫式部《むらさきしきぶ》だろう。清少納言はエッセイ集『枕草子《まくらのそうし》』を書き、紫式部は長編小説『源氏物語《げんじものがたり》』を残したことにより、有名人として私たちにインプットされているのかもしれない。

清少納言は一時結婚したが、離婚し、家庭生活にうんざりしていた。そこにその才を買われて、関白内大臣正二位《かんぱくないだいじんしょうにい》藤原道隆《ふじわらのみちたか》の娘中宮定子《ちゅうぐうていし》の許《もと》に、私的な女房として出仕する話が舞い込んだ。二十八歳頃である。その後、清少納言は定子の死去まで八年間程仕えた。

清少納言の父清原元輔《きよはらのもとすけ》の階級は、紫式部が「数にしもあらぬ（物の数ではない）五位」（『紫式部日記』）と蔑視《べっし》した五位だが、清少納言には出身階級を脱皮して、ひたすら上流に同化しようとする姿勢がうかがわれる。

清少納言がどのように女房生活を謳歌《おうか》したかは『枕草子』に十分に書かれている。

正月七日の若菜摘《わかなつ》みの際に、牛車《ぎっしゃ》の簾《すだれ》の間から覗《のぞ》き、「をかし（心ひかれる・美しい）」を連発する（『枕草子』「正月一日は」段）。また、清涼殿《せいりようでん》の縁側に置かれた青磁《せいじ》の大甕《おおがめ》に活けられた一メートル半を超える見事な桜の枝と、それを見る桜の直衣《のうし》を着た定子の兄、大納言《だいなごん》藤原伊周《これちか》、これらを桜がさねの唐衣《からぎぬ》を着た簾の中の女房たちと共に眺める清少納言は「うらうらとのどかなる日の気色《けしき》」を満喫するのである（『枕草子』「清涼殿の丑寅《うしとら》の隅《すみ》の」段）。

清少納言は桜を眺める定子の側《そば》に控えていて、『古今和歌集《こきんわかしゆう》』春上部にある、

年経《ふ》れば齢《よわい》は老いぬしかはあれど　花をし見れば物思ひもなし

前太政大臣《さきのだじようだいじん》藤原良房《よしふさ》（『古今和歌集』春上）

の「花（桜）」を「君（定子）」に置き換え、

年経れば齢は老いぬしかはあれど　君をし見れば物思ひもなし

（私も年月が経ったので、年を取ってしまった。しかし、定子様を拝見していると憂鬱《ゆううつ》さも消えてなくなるわ）

清少納言（『枕草子』「清涼殿の丑寅の隅の」段）

と歌ったのである。桜の花のような美しいお顔を讃《たた》えたのだ。そして定子から「ただこの心ばへどものゆかしかりつるぞ（貴女《あなた》の心の働きにひかれる）」と褒《ほ》められるという件《くだり》が続く。

清少納言と定子は、漢詩文の教養においても通じるところがあった。平安時代、漢詩文は男子専用のものであり、女子が漢詩文を作るなど、冷たい目で見られていた。そのような中にあって、定子の母は男子の作る漢詩文を凌駕《りようが》するほどの作品を作り、朝廷から作文《さくもん》を命

じられている。その母の血を定子は受け継いでいたのだろう。

一方、清少納言の父元輔は歌人として知られているが、漢文の読解・表記を必要とする大《おお》蔵《くら》省や民部《みんぶ》省など中央政府官僚を務め、更に漢字・漢文で書写された『万葉集《まんようしゅう》』の訓読に携《たずさ》わっていたことから、漢文学の教養も当然あり、清少納言はそれを受け継いでいたと思われる。

漢文学専攻の文章生《もんじょうしょう》などでなければ知らないという「函谷関《かんこくかん》」の故事（『枕草子』「頭弁《とうのべん》の、職《しき》にまいりたまひて」段）を記していることなどは、漢文学の教養の表れであろう。

函谷関の故事というのは、『史記《しき》』にある孟嘗君《もうしょうくん》の話だ。捕《と》らわれそうになった孟嘗君は、夜明けを告げる鶏《にわとり》の声を真似《まね》させ、関を開門させて逃げたという。

夜更けまで清少納言と話をしていた藤原行成《ゆきなり》は早々に帰り、その言い訳に「鶏の声にせき立てられて」と言ってきた。それに対して清少納言は函谷関の故事を生かして歌を返した。

夜《よ》をこめて鳥の空音《そらね》は謀《はか》るとも　世に逢坂《おうさか》の関は許さじ

（夜のまだ明けないうちに、鶏の声色《こわいろ》を使って函谷関の関守《せきもり》は騙《だま》しても、男女が逢うというこの逢坂の関所は、決して騙して通ることはできませんよ）

清少納言（『枕草子』「頭弁の、職にまいりたまひて」段）

「世」は男女の親密な間柄の意で、清少納言は共寝《ともね》をした翌朝、男から女に送る後朝《きぬぎぬ》の歌めかして詠《よ》んだのだ。紫式部は清少納言を文学面で目の敵《かたき》にしているのだが、それは、「漢字を書き散らす」（『紫式部日記』）清少納言の学に対するジェラシーもあったのではないか。

大歌人である元輔の娘だけあって、その自負もある一方で、重苦しかったに違いない。定子や大臣の前で、人々が歌を詠む中で清少納言は黙したまま。

元輔が後《のち》と言はるる君しもや　今宵《こよい》の歌に外《はず》れてはをる

（大歌人元輔の子と言われるそなたが、なぜ今宵の歌に加わらないで控えているのか）

中宮定子（『枕草子』「五月の御精進《ごじょうじん》のほど」段）

と定子が言うと、

その人の後と言はれぬ身なりせば　今宵の歌を先《ま》づぞ詠ままし

（もし私が元輔の娘と言われないならば、今宵の歌は真っ先に詠みましょうに。父には及ばないので恥ずかしくて）

清少納言（『枕草子』「五月の御精進のほど」段）

と清少納言は返歌するのである。「父に遠慮する必要がなければ、千首の歌でも口をついて出てくるでしょう」と歌才を誇りたかったのか、父の存在が「重苦しいんだよ！」と叫びたかったのか。

それだから、「かたはらいたきもの（はらはらして困るもの）」として、「殊《こと》にうまいとも思われない歌を詠み、人に披露《ひろう》して、人が褒めたなどと自慢するのは、聞いてはいられない感じだ」（『枕草子』「かたはらいたきもの」段）と、他の女房をこき下ろすのである。

その一方で、「うらやましきもの」として、「字がうまく歌を上手に詠み、何かの折に真っ先に選び出される人」（『枕草子』「うらやましきもの」段）と言い、「人と言い交わした歌が評判になって、メモなどに書き留められ褒められるのは、嬉《うれ》しいことだろう」（『枕草子』「嬉しきもの」段）と記しているのは理解できるが、続いて「自分には経験のないことだけれど」とまで書かれると、卑屈《ひくつ》ささえ感じてしまう。

これらのエピソードは、女房社会を謳歌するには、歌を詠むことがいかに大事であったかを物語る。ある大臣は娘を将来女御《にようご》にする目的で、教育のために「『古今和歌集』二十巻の歌を作者・詞書《ことばがき》共にすべて暗記せよ」と命じたという話が『枕草子』（「清涼殿の丑寅の隅の」段）にある。

清少納言は、定子とその周囲が栄えた素晴らしい様《さま》をのみ『枕草子』に描き、定子の兄弟の伊周・隆家《たかいえ》が左遷《させん》されたことや、父親の関白道隆を中心とした中関白家《なかのかんぱくけ》の衰退に伴う定子の悲境について、いささかも言及していない。関白道隆一門、すなわち中関白家を核とする華麗な社会と、そこに身を置く幸せを描いて『枕草子』は終わっているのである。

紫式部は女房生活が心底憂鬱だった

紫式部にとっての女房世界は、決して清少納言が描いたような、文化的で華麗で謳歌できるような場ではなかった。

宮廷に勤める女房にしても、藤原道長のような上流貴族に仕える女房にしても、そこは女の世界。江戸時代の大奥《おおおく》のようなもので、力を伴うバトルこそなかったものの、ジェラシーからのお互いの悪口、蔭口《かげぐち》などが渦巻《うずま》く世界だった。

高貴な人たちの間も同じこと。例えば嵯峨《さが》天皇の皇后　橘《たちばなの》嘉智子《かちこ》のエピソードがある。橘嘉智子は皇后になる以前、天皇側室の夫人《ぶにん》という立場にあった。天皇の寵愛《ちょうあい》甚《はなは》だしく、夫人よりも下位の側室である女御たちの妬《ねた》みを買っていた。天皇が忍んで嘉智子の部屋に来た時、嘉智子は会うことはせず、歌を奉《たてまつ》った。

言繁《ことしげ》ししばしは立てれ宵《よい》の間《ま》に　置けらん露《つゆ》は出《い》でて払はん

（今、お入りになると噂《うわさ》が一層激しくなりますわ。今しばらく時間が経《た》ってからお出《い》で遊ばせ。その間に宵の間に置いた露は、私が払いますので）　嵯峨后（『後撰和歌集《ごせんわかしゅう》』雑一）

「露」は冷たく光る多数の女御の目か。彼女たちが寝静まった後にお迎えしますからという意なのだろう。

このような凄《すさ》まじい女のバトルを、紫式部も見聞きしたのだろう。『源氏物語』第一帖《じょう》「桐壺《きりつぼ》」冒頭に生かしている。

桐壺帝《みかど》が多くの先輩の女御や更衣《こうい》を差し置いて、桐壺更衣を寵愛することに、彼女たちの嫉妬《しっと》は激しかった。桐壺更衣が帝に参上する通路に汚物を撒《ま》いたり、通路の後先の戸を閉めて閉じ込めたりしたと書く。

ライバルである清少納言は、他人の悪口や噂話肯定派だ。

人のことをあれこれ言うのを怒る人こそ、道理に合わない人だ。どうして他人の噂話をしないでいられようか。　清少納言（『枕草子』「人の上言ふを」段）

そのような世界に紫式部は出仕した。夫藤原宣孝《のぶたか》没後四年で三十三歳になっており、一《いち》条《じょう》天皇女御彰子《しょうし》（後に中宮）の女房としてだが、既《すで》に『源氏物語』の創作に取り掛かっていた。ちなみに、彰子とライバル関係にあった皇后定子は既に亡くなり、その女房清少納言は、既に宮仕えを辞去していた。

紫式部にとって、内裏《だいり》の部屋である局《つぼね》は住み心地の良い所ではなかった。年末には、

年暮れてわが世ふけ行く風の音に　心の内《うち》の凄まじきかな

（年が暮れて私も老いていく。この夜更けの風の音を聞くにつけても心の中は荒寥《こうりょう》として侘《わび》しいことよ）

紫式部（『紫式部日記』・『紫式部集』）

と、内裏の局での生活に馴染《なじ》めぬ空《むな》しい心の内を歌っている。宴会の時には几帳《きちょう》の陰に隠れていて、その存在に気づく人は少なかったという。

中宮彰子がお産のため、藤原道長の邸宅土御門殿《つちみかどどの》に里帰りし、それに付き従った紫式部だが、その華やかさの中に身を置いても、「もの憂《う》く、思はずに嘆《なげ》かしきことのみ増さるぞ、いと苦しき（気が重く思うに任せないことのみ増さることが、本当に苦しい）」（『紫式部日記』）といい、水鳥が心配事のないように遊んでいるのを見ては、

水鳥を水の上とやよそに見む　我も浮きたる世を過ぐしつつ

（ああ、水鳥が水の上で遊んでいるわ。水の上に浮かんでいるなんて、はかないものだけれど、よそ事とは思われないわ。私だって浮《うわ》ついた不安定な日々を過ごしているのだから）

紫式部（『紫式部日記』・『紫式部集』）

と、つぶやくのだった。「浮きたる世」は「憂来《うき》たる世」だ。

更に、土御門殿の遣水《やりみず》の上に掛かる高欄《こうらん》にもたれかかった紫式部は、

影見ても憂きわが涙落ち添ひて　かごとがましき滝の音かな

（遣水に浮くように映る我が姿を見るにつけても、辛《つら》い我が身が思われ、悲しみの涙が流

れ、岩間を落ちる遣水の滝に加えて、滝の音までも愚痴《ぐち》っぽく聞こえるわ）

紫式部（『紫式部集』）

と嘆く。遣水というのは庭に引き入れた水の流れで、それが滝となって落ちる中に涙が加わり、滝の音までもが愚痴っているように聞こえるという。女房勤めを憂《うれ》えて、滝の音にまで八つ当たりだ。紫式部にとっては、華麗な貴族の生活は馴染めぬ世界だったのだ。

出仕した翌年の正月、一時実家に戻った。住み慣れた我が家は驚くほど塵《ちり》が積もり荒れている。夫宣孝は既に没し、父藤原為時《ためとき》は健在でも、出仕中の留守を守る家族や使用人はいなかったのか。荒れ果てた家の有様《ありさま》を、「大きな戸棚に隙間《すきま》なく積み上げてあるのは古歌集や物語で、ひどく虫の巣になり、虫が気持ち悪く散り走るので開いて見る人もおりません。その片側には漢籍がきちんと積み重ねてありますが、大事に積み重ねておいた夫宣孝も亡くなり、その後は手を触れる人もありません」（『紫式部日記』）と、自分の心と同じく住まいも荒れていることを嘆く。出仕しても実家に帰っても心の憂さは晴れず、ふさぎ込むばかり。『源氏物語』を書くことと、それを心ある人に読んでもらうことが、唯一の心の慰《なぐさ》めであり、拠《よ》り所《どころ》であったと言う。

里帰り中に、友人の女房弁内侍《べんのないし》が、紫式部を気遣《きづか》って歌を寄越《よこ》したが、それに対し紫式部は、

つれづれとながめふる日は青柳《あおやぎ》の　いとど憂き世に乱れてぞふる

（里帰りしてなすこともなく、今日のように長雨の降る日は、憂さが更につのる世に思い乱れて過ごしております）

紫式部（『紫式部集』）

と返した。「ながめふる」は「長雨降る」と「眺め経《ふ》る」を掛ける。「眺め経る」は視線が定まらず物思いにふけりながら、ボーッとしている状態だ。

紫式部の人生観は「世は憂し」だった。生きることは煩《わずら》わしい、生き辛い。しかし生きねばならない。宮仕えの不満や人間関係がストレスとなり、溜《た》まりに溜まって日記に爆発させ、凄まじい他の女房への批判を吐き出した。特に同業者の歌人や文筆家には激しく、その矛先《ほこさき》は清少納言や和泉式部《いずみしきぶ》に向けられたのである。

清少納言こそ得意顔をして大変な女でした。あそこまで利口ぶって漢字を書き散らしていますけれど、その学識の程度も、よく見れば、まだまだ不足な点だらけです。彼女のように人と違った特別な女でありたいとばかり思って、それに執着《しゆうちやく》する人は、やがては必ず見劣りし、行く末はただ悪くなってゆくばかり。だから風流を気取り切った人は、ひどく殺風景でつまらない時にも感動し、「素敵」と思うことを見逃《みのが》すまいとするうちに、自然と感心できないような軽薄な様にもなるでしょう。そのような人の成れの果ては、どうして良いことがあるでしょうか。

紫式部（『紫式部日記』）

和泉式部という人はセンスのある文を書く人です。ただ彼女には素行《そこう》が感心できない面があります。気軽に日常的な手紙の走り書きをした時などには、それなりに文才の見られる人で、ちょっとした言葉にも、つややかさを感じます。歌はたいへん魅力的ですが、和歌の知識や理論などには疎《うと》く、本格的な歌人ではありません。それでも、他人の詠んだ歌を批判する言葉の端々《はしばし》からは、彼女が口から出まかせに無造作《むぞうさ》に歌を詠んでいるように感じられ、こちらが感心して頭の下がるような歌人とは思われません。

紫式部（『紫式部日記』）

和泉式部に対してはいささかの文才を認めるが、清少納言は徹底的に批判する。自己顕示的な宮仕え振《ぶ》りも気に入らないし、学をひけらかし、それをベースにした『枕草子』に嫌悪を感じたのであろう。

現存する『紫式部集』は、

いづくとも身を遣《や》る方の知られねば　憂しと見つつも長らふるかな

（どこへこの身をやったらよいのやら。それも分からず、この世を憂く辛いものと見ながら生きながらえているのです）

紫式部（『紫式部集』）

で閉じられる。

女の職は国家公務員あり私的雇用関係あり

女の職には二種類あった。一つは国家公務員で、男並みに官位を持ち、政府から俸給が支給される。律令制によると定員七百九十四人のうち五百十九人は男と同じ職場で、下級の仕事に従事する。残りの二百七十五人は後宮で働く上級の女官で、「後宮十二司《こうきゅうじゅうにし》」と呼ばれる、女のみからなる十二の職場に勤務する。

後宮十二司には、衣服の裁縫《さいほう》を司《つかさど》る縫司《ぬいのつかさ》、医薬を司る薬司《くすりのつかさ》などがあり、十二司の中で最も重要なポストが内侍司《ないしのつかさ》である。天皇の側《そば》に侍《じ》し、天皇と臣下の間のコミュニケーターを主要な役割とする。その長が尚侍《ないしのかみ》、次長が典侍《ないしのすけ》、その下が掌侍《ないしのじょう》だ。

光源氏は『源氏物語』の中で、尚侍は上流貴族の出であること、世間の評判も重々しく、実家の暮らしなども心配のない人がふさわしいと言い、老年の典侍二人が希望しているが、その資格がないと言う（『源氏物語』第二十九帖「行幸《みゆき》」）。清少納言が「女の官職で良いのは典侍。掌侍」（『枕草子』「女は」段）として尚侍を挙げないのは、彼女たち中・下流貴族出身では、尚侍は望めないからだろう。「世の有様を見習いさせるには、内侍などに成らせたい」

（『枕草子』「生《お》ひ先なく」段）も同様の意味であろう。

二百七十五人を抱える後宮十二司の管理は大変で、宇多《うだ》天皇は『寛平御遺誡《かんぴょうのごゆいかい》』で「宮中で至難なのは後宮のこと」と書き、信頼するに足る女官名を挙げる。

このように重職を与えておきながら、女の俸給は男の半分に規定されていた。ただ、定年がないので終身雇用だ。例えば広井女王《ひろいじょおう》は貞観《じょうがん》元年（八五九）に八十余歳で亡くなったが、時の大臣に次ぐ大納言《だいなごん》並みの従三位《じゅさんみ》で、内侍司の現職の長官であった。

もう一つが私的雇用関係の女房で、紫式部や清少納言が勤めていた。「房」というのは内裏の部屋のことで、その一室を与えられた女が「女房」だが、拡大解釈されて、親王家や上流貴族に仕える女をも女房と言うようになる。要するにメイドだ。その女房職にある女が結婚しても女房と呼ばれていたらしく、後世、更に拡大使用されて人妻を女房と呼ぶに至った。

女房の格は出仕先により定まる。天皇、皇后、中宮、女御に仕える最も高級な女房にも自然と階級が生まれる。上から順に「上臈《じょうろう》」「中臈《ちゅうろう》」「下臈《げろう》」と分けられていた。「臈」というのは年功を積むことで、「上臈」は古参の女房ということだ。紫式部や清少納言は「中臈」といったところか。男は階級により上着の袍《ほう》が色分けされていたが、同様に女房も、「上臈」は赤や青の特別な唐衣の表着《うわぎ》着用が許され、「禁色《きんじき》を許す」と言われていた。

紫式部は摂政《せっしょう》太政大臣従一位《じゅいちい》藤原道長の娘彰子の女房で、清少納言は関白《かんぱく》内大臣正二位《しょうにい》藤原道隆の娘定子の女房だ。このように超上流貴族が女房を雇用していたのは、娘と天皇の結婚を念願して、娘に貴族的教養やマナーを躾《しつ》けるため、学識とセンスのある女房を教育係としてつける必要があったからだ。

女御彰子（後に中宮）の女房も、ライバル関係にある中宮定子（後に皇后）の女房も、各四十人程であった。一条天皇の妃《きさき》は定子・彰子以下五人だから女房数は二百人に達した。その他、『更級日記《さらしなにっき》』の作者のように、上流貴族に仕えるが宮廷に出仕しない女房もいたし、更にそれに仕える女房もいる。

公務員と私的雇用と、女の職場拡大と大量の女の進出は、社会観を変えた。清少納言は、

平凡な結婚をして、ささやかな家庭の幸福に浸《ひた》るよりも、宮仕えに出るべきだ。広く世の中を見せ、慣れさせてやりたい。

清少納言（『枕草子』「生ひ先なく」段）

と、「結婚だけが女の人生ではない」と今日的主張をするのである。それに対して「近頃の娘たちは」「この頃の社会の風潮は」と顔をしかめる頑固者は、いつの時代にもいる。右大臣藤原実資《さねすけ》などもその一人だ。そのような頑迷《がんめい》固《こ》陋《ろう》な思想に対して、清少納言はズバリ言う、

宮仕えする人は軽薄だなどと、良くないことに思ったり言ったりしている男こそは、ひどく憎らしい。

清少納言（『枕草子』「生ひ先なく」段）

と。かなりきつい非難だ。

華やかな世界へ。緊張と不安の初出仕

貴族の邸《やしき》に出仕したからとて、直《ただ》ちに主人の前に出られるわけではない。ある女は、月日を経て正月の雨降る日に、主人の前に出ることを許された。その胸がドキドキの有頂天《うちょうてん》になっている心情を、このように詠んでいる。

白雲《しらくも》の上知る今日ぞ春雨《はるさめ》の　ふるにかいある身とは知りぬる

（知らなかった雲の上人《うえびと》の世界を知ることのできる春雨の降る今日、今まで待っていた我が身にもかいのあったことを知ったわ）

よみ人知らず（『後撰和歌集』春上）

主人の周りには素敵な貴公子が大勢いるだろうと、胸ときめかす新参者《しんざんもの》の顔が見えるようである。

十世紀半《なか》ばに清少納言の父清原元輔や源順《みなもとのしたごう》など五人で編集した第二代目の勅撰《ちょくせん》和歌《わか》集《しゅう》『後撰和歌集』は、『古今和歌集』と違って日常的な歌が多い。「よみ人知らず」の歌が多いのも特色だ。よみ人知らずの歌というのは、本当に作者不明の歌もあれば、作者名は分かっているが、何らかの事情で伏せられた場合もあるようだ。この新参の女の歌は作者不明の方だろう。
家柄も良く、知性を備えたエリート美男美女の集合体である宮廷では、必然的に初出仕の女房に言い寄ってくる男もいる。ある女は、宮廷女房として出仕早々、あの男この男に迫られ、間もなく一人の男と好《い》い仲になった。この女を取られた他の男の一人は、正月一日に悔《くや》しい思いを歌に託した。

いつの間に霞《かすみ》立つらむ春日野《かすがの》の　雪だに溶けぬ冬と見し間に

（春浅く春日野の雪がまだ溶けないように、貴女《あなた》は誰とも打ち解けていないと思っていたのに、いつの間に春霞が立ち込めて、貴女を包み込んでしまったのか）

よみ人知らず（『後撰和歌集』春上）

「えいっ、出遅れたか！」と、地団太《じだんだ》踏んで悔しがっているのだ。「霞」に女を手に入れた男を意味させている。初出仕して直ちに恋人のできたこの女は、心ウキウキの宮仕え勝ち組か。しかしながら、すべての女がこの女房と同様とはいかない。意外なのは、二十八歳頃になって中宮定子の許に出仕した清少納言の初出仕姿だ。

中宮定子様の御前に初めて参上した頃、恥ずかしいことが数知らずあり、涙も落ちそうなので、毎日、夜出仕して、中宮様のおそばの三尺の御几帳《みきちょう》の後ろに控えている。

清少納言（『枕草子』「宮に初めて参りたる頃」段）

という、まるで借りてきた猫のような有様を自《みずか》ら回想している。早く自分の控えの部屋である局に下がりたいとのみ考えていたというが、その後の宮仕えを満喫している彼女からは想像もできない。

三十三歳頃の紫式部の初出仕も同様で、「初めて内裏《うち》わたりを見るに、物の哀《あわれ》なれば（初めて参内してみると、しみじみともの悲しく）」の詞書で、

身の憂さは心のうちにしたひ来て　今九重《ここのえ》ぞ思ひ乱るる

（心に身の嘆かわしさが離れず迫ってきて、今、宮中にいても心は千々《ちぢ》に乱れるの）

紫式部（『紫式部集』）

と、初出仕から、憂鬱な気持ちの離れない嘆きを歌うのである。

『更級日記』の作者の場合、父菅原孝標《すがわらのたかすえ》は宮仕えに反対だったが、強く勧める人がいたので渋々《しぶしぶ》認め、三十二歳になって、ある内親王《ないしんのう》家に出仕した。天皇や中宮、上流貴族の女房と違って、一段と見劣りのする内親王家への出仕が、父親の反対の理由か。

出仕した時の気持ちは自他の区別もつかないほど上がってしまい、現実のこととも思われないで、明け方には退出した。家庭にのみ馴染んできた生活の時には、出仕すれば趣《おもむき》ある話も見聞きして、心も慰められるだろうかと思うこともあったが、それは体裁《ていさい》の悪い悲しい考えだったと思う。だが、今更どうしようもない。

菅原孝標の娘（『更級日記』）

と、勤めに出たことは期待外れだったと後悔さえしているのだ。

この三人に比べると、和泉式部は違う。彼女の歌才を噂に聞いていた女御彰子の指名により出仕したのである。初出仕したのは賀茂祭《かもまつり》の日だった。賀茂祭は京都市にある上賀茂《かみがも》神社と下鴨《しもがも》神社の祭りで、五月十五日に行われる。平安時代には「祭」というと賀茂祭を指した。当日は内裏紫宸殿《ししんでん》をはじめ、斎王《さいおう》の乗る牛車《ぎつしや》、勅使《ちよくし》、供奉《ぐぶ》者の衣冠《いかん》、牛馬にいたるまで、すべて葵《あおい》の葉で飾ったので、江戸時代から葵祭《あおいまつり》と呼ばれるようになる。

和泉式部は早速女御にお目通りが許され、女御は葵の葉に書いた歌を和泉式部に差し出した。

木綿懸《ゆうか》けて思はざりせば葵草《あおいぐさ》　注連《しめ》の外《ほか》にぞ人を聞かまし

（貴女のことを知らなかったならば、言葉を掛けて会うこともなく、加茂神社の聖域を示す木綿を下げた注連縄《しめなわ》の外のような、宮中の外の人として聞いていたでしょう）

中宮彰子（『和泉式部集』）

「木綿」は白い幣《ぬさ》で「葵草」に「会う」を掛ける。「注連」は「注連縄」で宮中の内と外の境を意味する。これに対し和泉式部は、

注連の内に慣《な》れざりしより木綿襷《ゆうだすき》　心は君に掛けにしものを

（宮中に慣れないのに申し上げるならば、私の心は女御様に掛けております）

和泉式部（『和泉式部集』）

と、心中を披露したのである。

初出仕にもかかわらず、これだけ縁語《えんご》・掛詞《かけことば》を用いた歌を、怖《お》めず臆《おく》せず即座に遣り取りできたとは、紫式部が「和泉式部の歌は魅力的で、必ずしゃれた一節《ひとふし》の目にとまることを詠み込んでいる」（『紫式部日記』）と評しただけのことはある。

彼女たち女房の父親は、誰もが五位程度の中流貴族で、内裏に昇殿《しょうでん》できない身分だから、宮中や上流貴族の雲の上人の世界に入り込んだ娘にとっては、戸惑《とまど》いも当然だっただろう。

男と女、互いに訪れ合う軽薄な後宮生活

和泉式部のような和歌の達人であっても、紫式部からは「素行が感心できない」と批判され、藤原道長は「浮かれ女《め》」と揶揄《やゆ》する。「浮かれ女」と評された和泉式部は、歌で逆襲する。

越えもせむ越さずもあらん逢坂の　関守ならぬ人なとがめそ

（男に逢うという名の逢坂の関を越えようと越えまいと、逢坂の関守ならとがめるでしょうが、関守ではない貴方《あなた》がとがめることはないでしょう）　和泉式部（『和泉式部集』）

和泉式部は和泉守《いずみのかみ》（現在の大阪府知事のポジション）橘道貞《みちさだ》の妻となったが、道長の揶揄通り好色者として知られ、それにまつわる多くのエピソードがある。『和泉式部集』には十指《じっし》に余る男の名前が出てくる。同僚女房の紫式部には「手紙の走り書きは素晴らしいが、素行が感心できない」（『紫式部日記』）と批判されたのも、もっともだ。

素行が感心できないのは和泉式部だけではない。女房の局には、男たちが頻繁《ひんぱん》に出入りしていた。夜ともなると一層激しかった。紫式部は、

内裏の局で心細く寝ていると、女房たちが「内裏は、やはり様子が違うわ。実家辺りではもう寝たに違いないのに、ここでは寝付けないほど頻繁な沓《くつ》の音だわ」と、自分の所にも沓の音がと、色めかしく言うのを耳にします。

紫式部（『紫式部日記』）

と記す。

紫式部の局を叩《たた》く男もいた。しかしマイナス思考の紫式部はそれが怖《おそ》ろしく、返事もせずに夜を明かした。翌朝、その男の歌が届く。

夜もすがら水鶏《くいな》よりけに泣く泣くも　真木《まき》の戸口を叩き侘《わ》びつる

（貴女が戸を開けてくれないので、一晩中、水鶏の鳴き声のように、泣く泣く板戸を叩きあぐねました）

男（『紫式部日記』・『紫式部集』）

水鶏という鳥の鳴き声はコンコンと物を叩く音に似ているそうだ。紫式部は頑《かたく》なに拒絶する。

ただならじとばかり叩く水鶏ゆえ　あけてはいかに悔しからまし

（ただ事ではないぞとばかりに、水鶏のようにコンコンと戸を叩いたようですけれど、真《ま》に受けて戸を開けでもしたならば、夜が明けてからどんなに悔しい思いをしたでしょうか）

紫式部（『紫式部日記』・『紫式部集』）

この贈答歌を掲載した『新勅撰和歌集《しんちょくせんわかしゅう》』恋五は、この水鶏男を藤原道長とする。そうであるならば、紫式部は最上流の貴族をも冷たく袖《そで》にしたことになる。現在の私たちの感覚からすると、道長の多情を非難し、拒絶した紫式部に拍手を送りたいところだが、当時の「色好《いろごの》み」という自然な感覚からは、自分を性的に解放して生きることは自然であり、非難すべき行動ではなかった。

『大中臣能宣集《おおなかとみのよしのぶしゅう》』にはこんな話がある。

『後撰和歌集』撰者の一人で、当時を代表する歌人の大中臣能宣が、ある女房の局で共寝をしていると、その女房が皇后に召された。女は「しばらくの間、眠らないでね」と言い残して局を出て行ったが、女はその夜、能宣の待っている局には戻らなかった。女は他の男と寝たのである。

翌朝、女は「いかがでしたか。昨夜は眠かったですか」と言ってきた。頭にきた能宣はこう返した。

眠たくも思ほえざりつ夜もすがら　目覚ましくのみ人の見えしに

（眠たいはずなんてあるものか。貴女が戻らず他の男と寝ていると思うと、憎らしくてイライラし、一晩中目は醒《さ》めっぱなしだったぞ）　大中臣能宣（『大中臣能宣集』）

「目覚まし」に「目が覚める」と「憎らしく非難すべき」を掛けたのだ。一夜のうちに男から男へ渡り歩くこのような女房は少なくなかったに違いない。「近頃の娘たちは」と藤原実資が顔をしかめたのも、頑迷固陋とは言い切れない面があったのだ。それにしても、勅撰和歌集撰者も形無《かたな》しだ。

ある女は五位と六位の男二人を同時に愛人にしていた。それを見て、道長の周辺で和歌や漢詩文を作って活躍していた藤原輔尹《すけただ》は、その放埒《ほうらつ》振りを嘲笑《ちょうしょう》するように歌った。

あるが上に重ねて着たる唐衣《からころも》　朱《あけ》も緑も別《わ》かずぞありける

(あの女は唐衣を着ている上に更に朱色の袍も緑の袍も区別せず二枚重ね着しているぞ)

藤原輔尹(『輔尹集』)

「唐衣」は「からぎぬ」で女官の正装着であるから、女を意味させている。「朱」は緋色《ひいろ》の袍で五位、「緑」は六位の袍である。

このような生活をしていれば、子を孕《はら》むことは少なくなかっただろう。和泉式部が子を産んだ時に「今度はどの男の子を産んだと決められましたか」と尋ねられると、無責任な回答をしている。

この世にはいかが定めんおのづから　昔を問はん人に問へかし

(今の男女の間柄でどうして決められるでしょうか。何かの折に私の昔の恋を知っている人に聞いてください)

和泉式部(『和泉式部集』)

父親は誰か分からないというのだ。『源氏物語』にも同じモチーフの歌がある。かつては頭中将《とうのちゅうじょう》の名で親しまれ、今は太政大臣になっている男の息子柏木衛門督《かしわぎえもんのかみ》が光源氏の妻女三宮《おんなさんのみや》と密通し、柏木そっくりの子が生まれる。光源氏が妻に、

誰《た》が世にか種はまきしと人問はば　いかが岩根《いわね》の松は答へん

（誰がいつ種をまいたのかと聞かれたら、この子は何と答えるでしょうか）

光源氏（『源氏物語』第三十六帖「柏木」）

と問う場面が想起されるのだ。「岩根の松」は、この時に生まれた「宇治十帖《うじじゆうじょう》」のヒーロー薫君《かおるのきみ》で、表向きは光源氏の子である。

一夜のうちに男から男へ渡り歩き、誰の子を孕んだか分からなくなった女房は、和泉式部だけではない。諸歌集には「色好みの名立ちける女」が数多《あまた》登場するし、「男の、ここかしこに通ひ住む（女の）所多くて」などともある。

現代の道徳観から理解するのは非常に困難だが、節度をわきまえた「色好み」は人格的欠陥ではなく、当時の貴族の身に備えるべき条件であったのだ。ただ、過剰であったり身分階級を超えたりした色好みは、風儀《ふうぎ》に外れるとして冷たく見られていたらしい。

宮廷の男女は職場恋愛が多いから、足が遠のいた薄情男に会うこともある。女房駿河《するが》が愛していた男はだんだん通ってこなくなり、近頃はサッパリ。ある時、宮廷でその男の気配がするので、彼女は男のいる、四方を壁で塗《ぬ》り込め、寝室などに使う塗籠《ぬりごめ》の隣の部屋に行き、

壁の穴から覗《のぞ》いて、かすかに男の姿を見た。

さすが王朝の女だ。部屋に乗り込んで面と向かって薄情をなじるようなことはしない。どこまでもエレガントに、エレガントに。駿河は歌を詠んで部屋に投げ込んだのである。かすかな希望を託して。

まどろまぬ壁にも人を見つるかな　まさしからなん春の夜の夢

（眠らないのに壁に恋しい人のお姿を見たわ。これは夢かしら。このはかない春の夜の夢が正夢《まさゆめ》にならないかしら）

女房駿河（『後撰和歌集』恋二）

壁の穴の彼方《かなた》に男の姿が見えたのを、幻《まぼろし》のように壁に映ったと表現したのだ。誰かを夢に見るのは、その人がやってくる前兆といわれている。夢で心に思う男また女を見ることを、夢の中の路《みち》を通ってくるので「夢の通《かよ》い路《じ》」という言葉もある。駿河の場合は壁の穴の彼方に男の姿を見たので、その穴を通って男がやってこないかと歌う。「夢の通い路」ではなく、これは「壁の通い路」。まさか男は鼠《ねずみ》ではあるまいし。物の陰から覗き見をするのはだいたい男。女の覗き見は、これはまた珍しい話。

「恋」は孤悲《こひ》？　孤火《こひ》？

表記に一字一音の万葉仮名も使用している『万葉集』に、「恋」を「孤悲《こひ》」と記した歌がある。己《おのれ》の思いが相手に通じず一人で悩む、実に素晴らしい表記だ。

しかし色好みの平安時代になると、胸の「思火《おもひ》（思い）」を相手に打ち付ける「孤火《こひ》（恋）」がふさわしい例が見られる。

五条御《ごじょうのご》と呼ばれていたその女は、煙をもうもうと出して燃えている自分の姿を絵に画《か》き、

君を思ひ生々《なまなま》し身を焼くときは　煙《けぶり》多かるものにぞありける

（貴方を思い、その火で生身を焼く時は、このように煙が多く出るのよ）

五条御（『大和物語《やまとものがたり》』六十段）

と歌を添えてきた。もちろん「思ひ」に「火」を掛けている。「身を焼く」は焦《こ》げる状態だから「恋焦がれる」を含ませている。これこそ「孤火」の典型だ。この思わず身震いする五条御の絵手紙を送られた男の名は分からず、返歌もない。

五条御の凄まじさに比べると、大和《やまと》という女が左大臣に至った藤原実頼《さねより》に送った歌はソフトで真逆だ。

人知れぬ心のうちに燃ゆる火は　煙は立たで燻《くゆ》りこそすれ

（人知れず心の中で恋い慕《した》って燃えている思ひという火は、表に煙の立つこともなく燻るばかりです。貴方に恋したことを後悔しています）　大和（『大和物語』百七十一段）

「燻り」に「悔いる」が掛けてある。「人知れぬ心のうちに燃ゆる火」は「孤悲」でもあり「孤火」でもある。

大中臣能宣の恋の歌も同じテクニックだ。

御垣守衛士《みかきもりえじ》の焚《た》く火の夜は燃え　昼は消えつつものをこそ思へ

（宮廷の門を警護する衛士の焚く火が夜は燃え、昼は消えているように、私の思いも夜は激しく燃え、昼は消え入るように意気消沈している）　大中臣能宣（『詞花和歌集《しかわかしゅう》』恋上）

諸国の軍団から毎年交代で都へ上り、衛門府《えもんふ》に配属され、火を焚いて門を守るのが衛士の職務だ。『詞花和歌集』の詞書は「題知らず」であるが、火を焚く衛士を画いた屏風《びょうぶ》に書き込まれた歌だろうか。もちろん、能宣が衛士だったわけではなく、衛士の立場で歌ったのだ。

『源氏物語』第三十一帖「真木柱《まきばしら》」には、髭黒《ひげくろ》というむさくるしいニックネームの男が登場する。名に似合わぬ上流貴族で右近衛大将《うこんえのだいしょう》だ。この髭黒さん、妻帯者であるにもかかわらず、夕顔《ゆうがお》と頭中将《とうのちゅうじょう》の間に生まれた娘で、その名も麗《うるわ》しい玉鬘《たまかずら》に惚《ほ》れて結婚した。光源氏が女三宮と結婚した時には正妻　紫上《むらさきのうえ》が、『蜻蛉日記《かげろうにっき》』作者が藤原兼家《かねいえ》と結婚した時に、兼家には時姫《ときひめ》という妻がいたようなものだ。

髭黒さんは妻と同居する家から玉鬘の所に通う。ある時、出かけようとする夫に、妻はジエラシーから香《こう》を着物に薫《た》き染《し》める香炉《こうろ》を投げつけ、灰を浴びせたので、直衣には焼け穴さえできた。「灰かぶり姫（シンデレラ）」の平安朝男版だ。

孤独を強《し》いられて夫を恋う妻は「孤悲」、胸の煮えたぎる情熱を香炉に託したのは「孤火」だ。お付きの女房は、

独り居て焦がるる胸の苦しきに　思ひ余れる炎とぞ見し

（孤独を強いられた北《きた》の方《かた》の胸の火が香炉の炎となったのでしょう）

木工君《もくのきみ》（『源氏物語』第三十一帖「真木柱」）

と「孤火」を歌い、髭黒さんに奉ったのである。

「におい」はフェティシズムか、恋の終わりか

宮廷の女の部屋を局というが、多くは一部屋ずつ仕切る壁はなく、カーテンのような几帳や屏風などで室内や廊下を仕切った空間である。

そのような局に汗まみれの肌着が干してあれば、興ざめの風景だ。文人・歌人として著名であり、従四位下《じゅしいのげ》に至った藤原輔尹が、夏の暑さの中、宮廷の局の前を通りかかると、何と、夏に汗取りのために着る「汗はじき」という肌着が干してあるではないか。もちろん局だから女の肌着だ。輔尹は今脱ぎ捨てたかのように息衝《いきづ》いている肌着の汗の体臭から、男女の戯《ざ》れ合う姿を想像した。そこで歌を詠み、局の中に投げ入れた。

睦《むつ》まじき夏の衣《ころも》を脱ぎ捨てて　いと戯れ難き汗はじきかな

（睦み合って汗だらけになり、汗臭くなった汗はじきを脱ぎ捨てて干してあるとは。夏は暑くて戯れ難いのだろうね）

藤原輔尹（『実方《さねかた》中将集』）

輔尹は女の返歌があるかと思っていたのだろうが、投げ返されてきたのは、藤原実方の歌だった。

古《いにしえ》の真間《まま》の手児良《てこら》が織り布も　曝《さら》せばさるるものにやはあらぬ

（昔、下総《しもうさ》《千葉県北部と茨城県南西部》の美少女真間の手児名《てこな》が織ったという粗末な布も、水に曝せば奇麗《きれい》な布になるもの。汗だらけの臭い布だって、水に曝せば奇麗になるのではないですか）

藤原実方（『実方中将集』）

万葉歌人山部赤人《やまべのあかひと》が下総を訪れて「真間の手児名」を詠んでおり、「東国語で『ままのてご』という」とある。手児良は手児名のことである。真間は入江のほとりなので、織った布を海水で曝したのだろう。輔尹が「戯れ難き」と詠んだのを、実方は「曝す」の意味を掛けて「さるる」と言ったのか。暑い中、女と戯れ合っていたのは、実方だったのだ。女の名は分からないが、『実方中将集』には清少納言、平安中期の名歌人である女房小大君《こおおきみ》など多くの女の名が見られる。

実方は十世紀末の歌人で、位は正四位下《しょうしいのげ》に至り、才気煥発《さいきかんぱつ》、魅力ある社交術を身に付けていた。その上ハンサムで女にもてて、光源氏のモデル説もある。

しかし、正四位下相当の近衛中将でありながら、従五位下相当の陸奥《みちのくの》（東北地方）守《かみ》として左遷《させん》され、赴任地で落馬して非業《ひごう》の死を遂《と》げた。左遷の理由は藤原行成と和歌について口論になり、実方が行成の冠《かんむり》を投げ捨てたので天皇の怒りを買い、天皇から「歌の名所である歌枕《うたまくら》を見て参れ」と陸奥に左遷を命じられたという。冠を取られるということは男には恥辱《ちじょく》甚だしく、病床で見舞い客に会う時にも冠を被《かぶ》ったというほどだ。
次は、枕は枕でも歌枕ではなく本物の枕の話。小大君の局に、男と共に使用した枕があり、垢《あか》が付いて臭かった。そこで、

しきしまやおどろの髪に馴《な》らされて　積もれる香こそくさまくらなれ

（枕を敷いて共寝をしている間に乱れた髪に馴らされて、髪の臭いが積もり積もって臭い枕になったわ）

小大君（『小大君集』）

と歌った。第五句の「くさまくら」がいい。旅寝の「草枕」に「臭枕」を掛けている。「積もれる香」は特定の男の臭いが積もったのか、それとも複数の男の香か。臭いを嗅《か》ぎながら男を偲《しの》んでいるのか、鼻をつまんでいるのか。
今度は頭の枕から下がって足の臭い靴下（襪《しとうず》）の話。十世紀前半のある年の正月、某女が寺に参籠《さんろう》したところ、隣の部屋に愛人らしき男の気配がする。明け方、男は帰ったが、部屋の中に汚い靴下を残していった。女はその靴下を持ち帰り、歌を添えて男に送った。

あしのうらのいと汚くも見ゆるかな　波は寄りても洗はざりけり

（芦《あし》の生えている浦《うら》は、波が寄せても洗われずにゴミが絡《から》まったりして汚いように、貴方の靴下は女が近くに居ても、その女は洗わないらしく、汚いわ）

よみ人知らず（『後撰和歌集』雑四）

「芦の浦」に「足の裏」を掛けている。形式も内容も軽妙洒脱《けいみょうしゃだつ》、勅撰和歌集撰者も靴下の臭いに惑わされ、採択したのだろうか。わざわざ男のいた部屋を覗いたのは、男に未練があり、せめてその残り香をという気持ちだったのだろうが、残り香などとんでもなく、思わず顔をそむけ鼻をつまんだ。臭い靴下では百年の恋も冷める。臭い靴下が縁の切れ目、女はこれで恋も終わりと言いたかったのか。いや、靴下の臭いに男の体臭を感じたのか。どちらにしても、男の汚い靴下を持ち帰るなんて、どこか異常だ。

汗の臭いの沁《し》み込んだ女の肌着にひかれる男、臭い枕や汚い靴下に男の体臭を感じる女、日常的に香を薫き染め、物語には薫君や匂宮《におうのみや》を登場させるほど、嗅覚《きゅうかく》の発達していた王朝人の、これはまた王朝フェティシズムというべきか。

素性法師《そせいほうし》が歌った歌も、匂いを敏感に感じる王朝人ならではの歌だ。

主《ぬし》知らぬ香《か》こそ匂へれ秋の野に　誰《た》が脱ぎ掛けし藤袴《ふじばかま》ぞも

（野原でプーンと匂いがし、藤色の袴が脱ぎ捨ててあるが、誰のだろう）

素性（『古今和歌集』秋上）

まさか袴を脱いで野糞《のぐそ》？　いやいやとんでもない。「にほへれ」は「臭へれ」ではなく「匂へれ」、「藤袴」は着物の袴ではなく秋の七草のフジバカマ。野原にフジバカマの匂いが漂《ただよ》う様を、誰が袴を草の上に掛けたのだろうと、面白おかしく歌ったものだ。

性格の相違で離婚した清少納言

清少納言は十六歳前後から五年間程家庭の主婦として収まった。夫は陸奥守橘則光《のりみつ》という武骨者《ぶこつもの》で、盗賊に襲われ、相手を斬《き》り殺した話などが伝えられている。その反面、どちらかというとエレガントな和歌などは苦手だった。

普段から口癖のように「私を愛するつもりならば、歌というものを作るな。歌を詠んで寄越す人は、敵と思うぞ。離婚する時にこそ、そんな歌というものを詠んでくれ」と言っていた。妻とは真逆な人物だった。この夫の言葉の返事に清少納言は、

崩《くず》れよる妹背《いもせ》の山の中なれば　さらに吉野《よしの》の川とだに見じ

（今は、山崩れした妹背山のように崩れた仲なので、良い間柄とは見ないつもりです）

清少納言（『枕草子』「里にまかでたるに」段）

と、「これでお別れ」と言い遣った。則光をやり込めるためか、意地悪な程複雑な技巧をもてあそんでいる。大和国《やまと》（奈良県）に妹山《いもやま》と背山《せやま》があり、その間を流れるのが吉野川。妹山は妻の清少納言、背山は夫の則光、「中」に「仲」を、「吉野」に「好し」を、「川」に

「彼は」をそれぞれ掛けている。崩れてしまった仲だから、好い仲とは見ないつもりだと離婚を言い渡したのだ。

こんなに手の込んだ技巧を凝《こ》らした歌に、優美な歌が不得手な則光が返歌などできるわけがない。石礫《いしつぶて》を投げて追い出すような、清少納言の意地悪な性格が垣間見《かいまみ》られる。「まことに見ずやなりにけむ。返事もせず（私の歌を本当に見なかったのだろうか。返事もくれない）」と、「やり込めてやったわ」という声が聞こえてくるような、性格の相違からのロマンのない別離だった。結婚五年目のことである。

だから『枕草子』には、則光像をかなりオーバーに書いている。則光だって第五代目の勅撰和歌集の『金葉和歌集《きんようわかしゅう》』や、私撰集《しせんしゅう》だが『続詞花和歌集《しょくしかわかしゅう》』に歌が採択されているほどだから、実際は歌が嫌いでも不得意でもない。

これだけでは単に離婚話になってしまうが、則光の子や孫が『枕草子』伝来に関係がありそうなのだ。清少納言と則光の間には一子則長《のりなが》がいたが、三巻本《さんがんぼん》系と呼ばれている『枕草子』の一系統本は、則長の子の則季《のりすえ》の手を経ている。また、能因本《のういんぼん》系は能因法師の書写した系統だが、能因法師の妹が則長の妻である。則光は、元妻の書いた『枕草子』を人々に自慢し、則長に伝えたのだろうか。

写本の件はさておいて、結婚破綻《はたん》からだろうか、家庭生活蔑視の観が『枕草子』にはうか

がえる。例えば、

将来の希望もなく、ただ生真面目《きまじめ》に見かけの幸福を追っているような人は、気づまりで軽蔑《けいべつ》したくなるわ。

清少納言（『枕草子』「生ひ先なく」段）

「見かけの幸福」は原文では「似非幸ひ《えせさいわ》」で、夫の出世などをさし、現代の言葉でいうなら小市民的幸せで、虚構の家というニュアンスだ。

それならどう生きるか。清少納言は続けて、

やはり相当な身分の人の娘は、宮仕えして仲間入りさせて、世間の有様も見せて慣れさせたく

清少納言（『枕草子』「生ひ先なく」段）

と言う。社会生活を体験させよと言うのだが、これは何も上流貴族の娘だからというだけではないだろう。彼女自身の体験からもきていると思われる。家庭生活にうんざりしているところへ、その才を買われ、私的な女房として中宮定子（後に皇后）の許に出仕し、定子の死去まで八年間程仕えたのだから。宮仕えがよほど性《しょう》に合ったのだろう。

年の差婚だった紫式部のお相手とは

紫式部の結婚生活が終了した理由は、離婚ではなく、結婚して三年目に夫が亡くなったことだ。その経緯は彼女の越前《えちぜん》国（福井県）下向《げこう》から話さねばならない。日本海側の雪深い遠国《おんごく》への下向は、父藤原為時《ためとき》の赴任に伴ってのことだ。

為時の越前守任官には有名なエピソードがある。為時は任官発表で淡路《あわじの》（兵庫県の一部）守《かみ》に任ぜられたが、三日後にわかに越前守に転任した。下国《げこく》である淡路国に比べ、越前国は大国《たいこく》であり、国司《こくし》としての格が違う。収入にも雲泥《うんでい》の差がある。人事の結果、最初に淡路守に任ぜられた為時は、「苦学の寒夜《かんや》、紅涙襟《こうるいえり》を霑《うるお》し、除目《じもく》の後朝《ごちょう》、蒼天眼《そうてんまなこ》に在《あ》り」の句を、女房を通して奏上《そうじょう》した。「除目」というのは、在官者名を列記した目録から、旧任者の名を除いて新任者の名を書き込むことで、任官行事である。「寒い冬の夜、目を真っ赤にして紅の涙の流れるほど勉強した。そのかいなく任官発表では青ざめた目で天を眺めるばかり」と作詩したのだ。

為時の詩を読んだ一条天皇は食事も喉《のど》を通らず、寝所《しんじょ》に入って泣いた。天皇の悲哀振りを聞いた藤原道長は、越前守に任じられたばかりの源国盛《くにもり》に辞退させたという。とばっちりを受けたのは国盛だ。国盛は衝撃のあまり病気になってしまい、秋の除目で播磨《はりまの》（兵庫県南西部）守《かみ》に任じられたが、病《やまい》は癒《い》えず死んでしまったという。為時の漢詩作成能力の偉大さを物語るエピソードだ。

待望の越前守になった為時は紫式部を伴い、越前国に下る。同じ頃、筑紫《つくし》（福岡県）の任地に向かう父親に伴って下る友人は、紫式部に歌を寄越した。

西の海を思ひ遣りつつ月見れば　ただに泣かるる頃にもあるかな

（これから向かう遠い西の海に思いを馳《は》せながら、西に傾く月を眺めていますと、もう泣けてならないこの頃です）

筑紫へ行く人の娘（『紫式部集』）

これに対し紫式部は、

西へ行く月のたよりに玉章《たまずさ》の　書き絶えめやは雲の通ひ路

（西に向かう月という好便に託して、貴女への手紙の絶えることがありましょうか。雲の往来する道によってお便りいたしましょう）

紫式部（『紫式部集』）

と詠み送り、慰めるのであった。

紫式部が越前国府のあった武生《たけふ》（福井県越前市）に下ったのは、二十四歳頃である。愛発《あらち》山《やま》を越えて敦賀《つるが》に出、北陸道を越前に下った紫式部は、僻地《へきち》と雪にすっかり辟易《へきえき》した。雪山

を造って人々が登り、「雪が嫌でも、やはり出ていらっしゃって御覧《ごらん》なさい」と言われて、紫式部は、

ふるさとに帰るの山のそれならば　心やゆくとゆきも見てまし

（雪山が、ふるさとの都に帰る時に越えるその名も鹿蒜山《かえるやま》であるならば、心も晴れるかと出て行って雪も見ましょうが、そうでないから見たくないわ）　　紫式部（『紫式部集』）

と詠むのであった。「帰るの山」に「鹿蒜山」を掛ける。

西へ向かう友人は、下向する紫式部をこう歌って慰めた。

行きめぐり誰も都へ鹿蒜山　五幡《いつはた》と聞く程の遥《はる》けさ

（時が来れば誰でも都へ帰れますわ。貴女の行く越《こし》には、その名も帰る山があるの。でも五幡という所もあるのね。いつはた、本当にいつまた帰ることができるのかしら。遥か先のことね）　　筑紫へ下向した人（『紫式部集』）

敦賀を出ると、北陸道は五幡（敦賀市東部）から鹿蒜山（福井県南条郡《なんじょうぐん》南越前町の木《き》ノ芽《め》峠）にかかる。五幡も鹿蒜も、都下《くだ》りの歌人の心を汲《く》んでその名を付けたわけではない。それにしても、五幡・鹿蒜で「いつはた（いつまた）、帰る」とは掛詞としては、実に良くできているではないか。北陸道の国司にとっては望郷の慣用句だった。

清少納言が「山は」として、「五幡山。鹿蒜山」と並べ、その後に続けて「後瀬山《のちせやま》」を配

する。後瀬山は福井県小浜《おばま》市にある山で「後の逢う瀬（後に逢う時）」と掛詞として常用される。「いつはた帰る。後の逢う瀬を（いつまた帰ることができるだろうか。後の逢う瀬を期待して）」（『枕草子』「山は」段）と巧《たく》みに並べているのは、上出来だ。

越前在国一年にして紫式部は父を残して帰京し、筑前《ちくぜんの》（福岡県の北西部）守《かみ》藤原宣孝と結婚した。宣孝は紫式部在京の頃から心を寄せていて、越前にいる紫式部に都から「春になれば雪も溶けるもの。私に対して閉ざしている貴女の心も溶けるのではないですか」と言ってきた。

しかし当時の習慣として、この程度でウンと言うはずはない。まず拒絶するのがルールだ。紫式部は型通りに返す。

春なれど白嶺《しらね》の深雪《みゆき》いや積もり　溶くべき程のいつとなきかな

（春にはなりましたが、それを知らないようにこちらの白山《しらやま》の雪は益々《ますます》積もって、いつ溶けるものか分かりません。私の心も同じですわ）　**紫式部（『紫式部集』）**

「白嶺」は加賀《かが》（石川県）の白山《はくさん》、その名の通り雪深く白い山である。

プロポーズしてきた宣孝は父の同僚だから、紫式部より二十歳程年上で、既に先妻が三人はおり、紫式部と同年くらいの息子を頭に数人の子持ちであった。紫式部にプロポーズしている時にも、近江守《おうみのかみ》の娘に言い寄っていたとの噂もあったが、「二心《ふたごころ》なし（浮気心はない）」

と言ってくるのである。先の紫式部の歌で「溶くべき程のいつとなきかな」と逡巡《しゅんじゅん》した理由は、この事情も含むか。

越前国にいた紫式部に、宣孝は京よりラブレターをしきりに送ってきた。変わったラブレターもあった。紙の上に朱色をポタポタと振りかけて「貴女を思う私の涙の色がこれです」と思慕《しぼ》の心の深さを誇張して書いてあった。それに対し紫式部は、

紅《くれない》の涙ぞいとど疎《うと》まるる　移る心の色に見ゆれば

（紅の色を私は疎ましく思います。紅は色あせ移り易《やす》いものですから）

紫式部（『紫式部集』）

とやり返すのであった。この歌の後書《あとがき》に「もとより人の娘を得たる人なりけり（この人は以前から他の娘と結婚していたのです）」と、わざわざ「移る心」「疎まるる」の注を付けるのである。

宣孝が吉野の金峯山《きんぷせん》の御嶽詣《みたけもうで》を行った時に、周囲の人が「珍しくあやしきこと」と「あさましがりし」ほど、馬鹿に派手な服装で詣《もう》でたというエピソードもある。

清少納言はこの一件を、「これはあはれなる事にはあらねど」として、「あはれなるもの」（『枕草子』）にわざわざ書き込むところに、彼女のバサラ宣孝への冷笑と、そのような性格の、しかも年上の男のプロポーズを受け入れる紫式部への嘲笑がうかがわれる。

宣孝のプロポーズを受け入れたのも、北国の雪に辟易していて京へ帰りたさからばかりではないだろう。心奥《しんおう》は分からず推《お》し量《はか》るしかないが、既に年齢は二十七歳。『梁塵秘抄《りょうじんひしょう》』は、平安時代末期に後白河《ごしらかわ》法皇が編集した歌謡集だが、その歌謡に依《よ》れば、

女の盛りなるは、十四、五、六歳、二十三、四とか、三十四、五にし成りぬれば、紅葉《もみじ》の下葉《したば》に異《こと》ならず（『梁塵秘抄』）

二十七歳は女盛りの末期、紅葉の下葉になりかけた年齢である。堅物《かたぶつ》の学者の父の許で虫ぞろぞろの書物に囲まれて、華やかさも面白味もない生活に飽き飽きし不満があるところへ、いささかバサラがかった真逆な性格の宣孝にひかれたのか。

宣孝にしてみれば、多数の女を経験しているので、二十七歳にもなった学者かぶれの女を、手に入れてみるかという遊び心か、あるいは天皇や道長に衝撃を与えるほどの大学者為時を縁者《えんじゃ》に持つことによる出世の手立てか。いささか週刊誌並みの当て推量になったが、紫式部は父を残して帰京し、宣孝と結婚した。だが夜離《よが》れが続き、哀れなことに夫は結婚三年目に亡くなった。

夫の死去に伴い世のはかなさを嘆いていた頃、陸奥名所絵に塩焼く煙で有名な塩釜《しおがま》の絵を見た紫式部は、

見し人の煙となりし夕《ゆうべ》より　名ぞ睦《むつ》まじき塩釜の浦

（あの人が茶毘《だび》の煙となった夕方から、塩焼く煙の絶えない塩釜の浦は、どうしてか名を聞いただけでも親しく思われるわ）

紫式部（『紫式部集』）

と詠み、夫を喪《うしな》った身を悲しむのであった。多情であった夫だが、この歌からは紫式部にとって短い結婚生活も満更《まんざら》ではなかったように思われる。親子ほどの年齢差のある夫婦は、『源氏物語』のヒーロー光源氏とヒロイン紫上がそうであった。

この歌は『源氏物語』で、あっけなく死んでしまった夕顔を偲《しの》ぶ光源氏の歌、

見し人の煙を雲と眺むれば　夕の空も睦まじきかな

光源氏（『源氏物語』第四帖「夕顔」）

に生かされているのではとの説は、正しいだろう。

空行く煙が間もなく消えるような、紫式部のあっけない結婚生活だった。

エリート男の正妻の座を逃した道綱《みちつな》の母

藤原道綱《みちつな》の母は『蜻蛉日記』の作者である。彼女の生きた年代は、紫式部や清少納言よりも十数年は早く、十世紀の半ばから後半にかけてで、藤原道長が生まれた頃である。政界のトップは道長の祖父藤原忠平《ただひら》、その子の実頼、師輔《もろすけ》などであった。

道綱の母が結婚した相手は、実頼よりも実権があったと言われている弟師輔の子兼家《かねいえ》である。道綱の母と結婚した時、兼家は二十六歳にして従五位、若い時からエリートでキャリア組だ。ちなみに、日記作者の父藤原倫寧《ともやす》が従五位になったのは五十歳頃で、兼家との結婚話のあった時は六位に過ぎない。兼家にとっては俸給など大した問題ではないほどの家柄だが、『延喜式《えんぎしき》』の禄物価法《ろくもつかほう》で米量に直し、現代の米価で換算するとざっと年収千四百万円程で、倫寧の約二倍だ（拙著『日本人の給与明細』角川ソフィア文庫、二〇一五年）。

作者も兼家も共に藤原氏だが、作者の家は藤原氏の傍流《ぼうりゅう》で父は位も低く、おまけに兼家の父師輔とは仲の良くない実頼の家の事務職員であった。そのような作者に、身分違いの兼家がプロポーズしたのは、作者が歌才も漢詩文の知識もあり、琴・絵画の教養もある人だったからか。

しかし、兼家自身は、王朝的センスもデリカシーもムードもない男だ。プロポーズの歌を書いた紙も、しきたりを無視し、文字も下手《へた》くそ、「玉《たま》の輿《こし》に乗せてやるからありがたく思え」という粗野な態度の男が、そんな内面的なことに惚《ほ》れるはずはない。惚れたのは、彼女が美人だったからではないか。室町時代成立の比較的信用のできる『尊卑分脈《そんぴぶんみゃく》』という系図には、道綱の母の注に「本朝第一の美人三人の内なり」とあるほどだ。

下手な字で書かれていた兼家の、「ほととぎす（貴女）の声を聞くだけでは悲しい」という歌に対しても道綱の母は返歌する気持ちはなかったが、母親が勧めるので、

語らはん人なき里にほととぎす　かひなかるべき声なふるしそ

（お話し相手になるような者もいないこの家に、ほととぎすの声を聞きたいなどと、何度お歌を頂き、声をかけても効果はないことですわ）　**藤原道綱の母**（『蜻蛉日記』）

と、やんわりとプロポーズを拒絶するのであった。兼家には既に道長を産んだ時姫という妻もいた。それでも家族の勧めもあり結婚。しかし、一年半後には夫の手箱の中に他の女に送る手紙があった。その女は結婚前からの女ではなく、新しい女で「町の小路《こうじ》の女」と呼ばれ、夫は頻繁に通うようになり、作者は夜離れが続く。時姫に、町の小路の女、まさに兼家のニックネーム通りに「三妻錐《みつめぎり》」の一妻《ひとめ》に過ぎなかった。

そのような状態のある夜、門を叩く音が聞こえる。「あの人だわ」と思ったが、やりきれない気持ちで門を開けないでいると、夫はそのまま例の女の所に行った。あくる朝、このまま黙って済ますことは断じてできないと、道綱の母は溜息《ためいき》をつく。

嘆きつつ一人寝《ぬ》る夜のあくる間は　いかに久しきものとかは知る

（貴方の訪れのないままに、独り嘆きながら寝る夜の、その明けるまでの時間がどんなに辛く長く思われるか、貴方はお分かりではないでしょう）　藤原道綱の母（『蜻蛉日記』）

また、道綱の母は兼家に、

思へただ　昔も今も　我が心　のどけからでや　果てぬべき

（どうか、お考えなさってください。昔も今も私の心は穏やかな時もなく終わってしまうのでしょうか）　藤原道綱の母（『蜻蛉日記』）

で始まる長歌を作り、兼家を引き付けようという魂胆《こんたん》から、長歌の一節に、

帰りし時の　慰めに　今来《こ》んと言ひし　言《こと》の葉を　さもやとまつの　みどりごの　絶えずまねぶも　聞くごとに　人わらへなる　涙のみ　わが身をうみと　たたへども

（帰る間際《まぎわ》の慰めに貴方が『そのうちに来るからね』とおっしゃったその言葉を、本気にして待っている子供が、いつもその言葉を真似《まね》しているのを聞くたびに、みっともないことに、**身を嘆く涙**が、まるで海のようにあふれ続けるのです）

藤原道綱の母（『蜻蛉日記』）

と、子を思う親心を出しにして、書き送った。ところが兼家もさるもの、道綱の母の嘆きをよそに、「幼い子の顔を見たいと思って立ち寄ったが、貴女が嫉妬の焔《ほのお》を燃やし続けている」と非難し、挙句《あげく》の果てに作者を気の荒い馬に譬《たと》えて、

甲斐《かい》の国　速見《へみ》の御牧《みまき》に　荒るる馬を　いかでか人は　懸け止めんと　思ふものから

（速見の牧場にいる暴れ馬のように荒れ狂っている貴女を、どうやって繋《つな》ぎ止めることができようか）」

藤原兼家（『蜻蛉日記』）

と歌い、道綱の母に悪態をつき、子供ばかりに目配りをして長歌を締め括《くく》る。

暴れ馬に譬えられた作者は、兼家の返歌をどのような顔で読んだだろうか。そして、

懐《なつ》くべき人も放てば陸奥の　むまや限りにならんとすらん

藤原道綱の母（『蜻蛉日記』）

（手なずけることのできる飼い主である兼家様が見放したら、私は陸奥の馬屋から放たれた馬のようになり、今やこれが最後になるのでしょうか）

と返した。「むまや」は「馬屋」に「今や」を掛ける。兼家は甲斐（山梨県）の暴れ馬と表現したが、道綱の母は陸奥の馬と言い換えている。父親が陸奥に赴任しその娘ということもあるが、それだけではない。答は道綱の母の歌に対する兼家の返歌にある。兼家は、

われが猶尾駮《なおおぶち》の駒《こま》の荒ればこそ　懐くにつかぬ身とも知られめ

（貴女があの陸奥の尾駁の駒（馬）のように荒れるから、私がいくら飼いならそうとしても、私に懐かない身であることを、貴女自身知って欲しい）　藤原兼家（『蜻蛉日記』）

と返歌をした。道綱の母は兼家が寄り付かず放っておくと、暴れ馬になり懐くことはないと訴え、兼家は道綱の母が暴れ馬だから懐かないのだと言い返したのである。

このような頑なな態度だから兼家も考えたのだろうか、東三条邸《ひがしさんじようてい》に迎えられ正妻の地位に就《つ》いたのは時姫であった。時姫は道長の母である。

上流貴族の正妻となる夢は破れた。作者は清少納言が軽蔑していた「似非幸ひ《えせさいわ》（見かけの幸福）を追っているような人」（『枕草子』「生ひ先なく」段）であったのだ。清少納言は『蜻蛉日記』を読み、道綱の母の生き方が念頭にあったのかもしれない。

第二章

文学に癒《いや》される女たち

女流文学は、中国文学の素養があって開花した

『源氏物語《げんじものがたり》』に『枕草子《まくらのそうし》』、平安文化イコール女流文学豊饒《ほうじょう》期と考えたくなる。長い日本の歴史の中で稀《まれ》な現象を呈《てい》したのは、書くのに容易な平仮名《ひらがな》表現というテクニックが生まれたことにも起因するが、それだけでは文学作品は作れない。彼女たちには中国文学の素養が息づいていたのだ。

例えば『源氏物語』では、物語の一つの山に光源氏《ひかるげんじ》の須磨明石流離譚《すまあかしりゅうりたん》がある。中国文学の主要なプロットには「讒《ざん》」「逐臣《ちくしん》」「棄妻《きさい》」があり、悪臣の謀略《ぼうりゃく》によって無実の罪を負わされるのが「讒」、そのために追放されるのが「逐臣」、妻が夫に見捨てられるのが「棄妻」である。

このプロットを生かして、第十二帖《じょう》「須磨」、第十三帖「明石」の二帖は描かれている。光源氏は、弘徽殿女御《こきでんのにょうご》とその子の朱雀帝《すざくのみかど》を擁《よう》して権勢をほしいままにする右大臣一派に、ちょっとした情事を握られてしまった。それをチャンスとばかり政治問題化して光源氏の左遷《させん》を企《くわだ》てる右大臣一派。光源氏は左遷されるよりはと、自《みずか》ら須磨に謫居《たっきょ》するのだが、そ

れは「讒」「逐臣」だ。須磨の浦に着いた光源氏は、

唐国《からくに》に名を残しける人よりも　行《ゆ》く方《え》知られぬ家居《いえい》をやせん

（唐の国で、その名を残した人よりも、私はこれから先、行く方も分からない不安な旅住まいをするのだろうか）

光源氏（『源氏物語』第十二帖「須磨」）

と詠《よ》む。中国の誰のことを偲《しの》んでいるのだろうか。古くから、楚《そ》国の屈原《くつげん》のことだといわれている。楚は、現在の中国の湖北《こほく》省・湖南《こなん》省を中心に紀元前四世紀頃に存在した国で、屈原は王に信任されていたが讒言《ざんげん》で失脚、流浪を続け川に身を投げて死ぬ。屈原の詩「漁父辞《ぎょふのじ》」の冒頭「屈原既《すで》に放たれ江潭《こうたん》に游《あそ》ぶ（屈原は放逐《ほうちく》され川の淵《ふち》をさまよう）」や「顔色《がんしょく》憔《しょう》悴《すい》し形容枯槁《ここう》す（顔色は悪く体はやせ衰えた）」は、光源氏にそのまま当てはまる詩句であり、終わりの、

滄浪《そうろう》の水清《す》まば　以《もっ》て吾《わ》が纓《えい》を濯《あら》ふべし　滄浪の水濁《にご》らば　以て吾が足を濯ふべし

（滄浪川の水の流れが奇麗《きれい》な時は冠《かんむり》の紐《ひも》を洗おう。流れが濁っている時は足を洗おう）

屈原（『楚辞』「漁父辞」）

は、最も知られている部分で、紫式部《むらさきしきぶ》も当然知っていただろう。「滄浪」は中国湖北省を流れる川の名、「纓」は冠の紐のこと。政治がうまくいっている時は、冠の紐を奇麗にし、身だしなみを整えて仕官し、乱世になった時は、政治から足を洗う、すなわち辞任し民間人

になるということだ。光源氏にとって、対立する右大臣一派が政治を司《つかさど》る都は、まさに濁った滄浪の水である。光源氏は正四位《しょうしい》参議《さんぎ》兼右近衛大将《うこんえのだいしょう》の官を退き、須磨・明石に謫居するのだが、まさに屈原そのままだ。

都に残された妻の紫上《むらさきのうえ》は見捨てられたようなもので、「棄妻」といえよう。光源氏は謫居先で、明石上《あかしのうえ》を現地妻にしてしまうのだから。

また、光源氏の無罪が認められ京に召還《しょうかん》されるのは、中国古代政治思想の天人感応説《てんじんかんのう》に基づく。この思想は、「天」すなわち天帝《てんてい》が、「人」すなわち地上の天子（天皇）の政治を監視していて、政治に誤りがあるとそれを「感」じ、それに「応」じて叱責《しっせき》する意味で、天変《てんぺん》地異《ちい》を起こして警告するという思想だ。

「須磨」「明石」二帖では、都は風雨激しく雹《ひょう》が降り雷も鳴り止《や》まず、右大臣派の擁立《ようりつ》する朱雀帝は眼を病《や》み、須磨では風雨、高潮、雷が続くと書く。天帝となった光源氏の亡き父桐《きり》壺帝《つぼのみかど》が、無実の光源氏を追放するような政治の誤りを叱責しているのだと判断され、光源氏は京に召還されることになったのである。

この「須磨」「明石」の二帖には、中国文学の引用も多い。白楽天《はくらくてん》の『白氏文集《はくしもんじゅう》』や、『史記《しき》』『漢書《かんじょ》』『文選《もんぜん》』などを意識している表現や引用がある。

古くから、『源氏物語』は第十二帖「須磨」から書き始められたという説がある。同帖の

冒頭は、

世の中いとわづらはしく、はしたなきことのみ増されば、せめて知らず顔にあり経《へ》ても、これより増さる事もやと思《おぼ》しなりぬ。

（世の中の成り行きが実に煩《わずら》わしく、居心地の悪いことばかり積もってくるので、この上、素知らぬ顔で都に暮らしていても、あるいはこれよりも恐ろしい事態になるかもしれないとお思いになられた）

紫式部（『源氏物語』第十二帖「須磨」）

と書かれ、当時の物語や日記の書き出しに比べて遜色《そんしょく》なく、そのまま物語の冒頭文になり得る。「世の中いとわづらはしく」は誰のことなのかを書かず、紫式部のマイナス思考そのままだ。「知らず顔にあり経ても」など、冒頭部分では伏せたまま読者を引き付けるテクニックも、他の物語にも見られる。「思しなりぬ」と「思う」の尊敬語が使用されているので、高貴な人だと気がつくだろう。第一帖が「須磨」という古伝承は、事実を突いているのだろうか。

清少納言《せいしょうなごん》も中国文学の知識があったことは確かだ。先に述べた函谷関《かんこくかん》の故事のほか、白楽天の詩に詠まれた香爐峰《こうろほう》の雪の故事もある。雪の日に宮廷で「ねえ少納言、白楽天が詩に作っている香爐峰の雪は、どのようかしら」と中宮定子《ちゅうぐうていし》から尋ねられ、詩の一節「香爐峰の雪は簾《すだれ》を撥《かか》げて看《み》る」を思い出し、御簾《みす》を高く巻き上げて御殿の庭の雪を御覧《ごらん》に入れたというエピソードもある。「文は」段では読むべき漢籍として『白氏文集』『文選』『史記』などを挙げている。

「春はあけぼの」のように、『枕草子』の核にもなっている「〜は」の形式は、唐の詩人李《り》商隠《しょういん》『義山雑纂《ぎざんざつさん》』に学んだらしい。『義山雑纂』の形式は、「必不来（必ず来ないもの）」を筆頭に四十二項目を挙げる。一例を挙げるならば、

必ず来ないもの。酔って席を抜け出した客。物を盗んだ人。貧乏書生が呼ぶ芸者。棒を持った男に呼ばれた犬。

李商隠（『義山雑纂』）

で、「不快意（あじきなきもの）」「不相称（にげなきもの）」「不達時宜（折りにあわぬもの）」などもある。宋《そう》の王玉山《おうぎょくざん》の『雑纂続《ざつさんぞく》』、蘇東坡《そとうば》の『雑纂二続』も同様で、この形式は中国で流行したジャンルであった。

紫式部が清少納言の文学を罵倒《ばとう》したのは、このような形式的な中国文学の模倣《もほう》にもあったのだろう。

熱狂的なファンを生んだ『源氏物語』

紫式部は、夫藤原宣孝《ふじわらののぶたか》没後から家に籠《こも》って『源氏物語』を書き始めていた。その後、出仕しても、内裏《だいり》や土御門殿《つちみかどどの》の賑《にぎ》やかさに溶け込めずに精神がすり減り、その憂愁《ゆうしゅう》に抗《あらが》うように『源氏物語』を書き継ぐのであった。

その頃、宮廷では既に『源氏物語』は読まれていた。『源氏物語』を読んだ一条《いちじょう》天皇は、「紫式部は、『日本書紀《にほんしょき》』を読んでいるのだろう」と言われた。それで日頃から紫式部を快《こころよ》く思っていない女房《にょうぼう》が、「たいそう学識を鼻にかけている」と殿上人《てんじょうびと》などに言いふらして、「日本紀の御局《みつぼね》」とあだ名を付けた。

紫式部は「とても滑稽《こっけい》なことです。わたしの実家の侍女《じじょ》の前でさえ包み隠していますのに、そのような宮中などでどうして学識をひけらかすことをしましょうか」（『紫式部日記』）と、不愉快に思うのであった。

それでも読者は多かった。その一人が、詩歌管弦《しいかかんげん》に秀《ひい》でた当時最高の文化人である中納言藤原公任《きんとう》で、宴会で酔いに任せて、几帳《きちょう》という衝立《ついたて》で囲まれた中にいる紫式部を覗《のぞ》いて、

「失礼ですが、この辺りに若紫《わかむらさき》さんが控えておいでではないですか」と言った。紫式部イコール『源氏物語』のヒロイン紫上に見立てたのだ。

紫式部は返事もせず、「この場には光源氏に似たようなお方はいらっしゃらないのに、まして紫上がいるはずはないわ」と、大文化人の言葉を黙殺した。詩歌管弦に秀でていても物語理解力は不満ということか。

このエピソードから推測すると、それまでは「藤式部《とうのしきぶ》」と呼ばれていたのが、物語の流布《るふ》によりヒロイン「紫上」の名に基づき「紫式部」と呼ばれるようになったのだろう。

藤原道長《みちなが》も読者だ。道長は自ら上等な美しい紙や筆・墨《すみ》・硯《すずり》を用意し、女房たちが紙を選び、能筆の人に書写させ、豪華な『源氏物語』の本を作らせている。『源氏物語』を最初に作者の所から持ち出したのも道長であった。

このように讃《たた》えるべき面があるが、読者としては低俗だ。このような色好《いろごの》みの物語を描く作者は色好みだと見たのだから。道長は紫式部に言った。

好《す》き者と名にし立てれば見る人の　折らで過《す》ぐるはあらじとぞ思ふ

（このような物語を書くので好色者と評判が立っている貴女《あなた》だから、見かけた男がそのまま口説《くど》かずに素通りすることはないでしょう）

殿《との》藤原道長（『紫式部集』・『紫式部日記』）

これに対し紫式部は、

人にまだ折られぬものを誰かこの　好き者ぞとは口慣《な》らしけん

（まだ誰にも靡《なび》いたことのない私ですのに、誰がいったい好色者だなどと噂《うわさ》を立てたのでしょうか）

紫式部（『紫式部集』・『紫式部日記』）

と、ピシャッと言い返した。『尊卑分脈《そんぴぶんみゃく》』の彼女の注記に「道長妾《しょう》」とするのは、このようなエピソードからか。

道長の流儀でいけば、不倫小説を書く作家は不倫体験者になるし、殺人事件を手掛ける作家は殺人犯になってしまう。小説の主人公イコール作者と見なす、最も低俗な読者だ。もっとも詠者自身が主人公であることの多い和歌や、作者イコール「私」という日記文学の盛行《せいこう》がもたらした影響もある。近現代の私小説の愛読者もそう読むだろう。

自分とヒーローあるいはヒロインと重ねて読むミーハー的な読者が、『更級日記《さらしなにっき》』の作者菅原孝標《すがわらのたかすえ》の娘だ。『源氏物語』の文章をすらすら諳《そら》んじるほど物語に没頭した孝標の娘は、

私はまだ幼いから器量は悪いが、年頃になったら限りなく美しくなり、髪の毛も長くなるに違いないわ。私だって光源氏様が愛した夕顔《ゆうがお》の君や、宇治《うじ》の大将 薫《かおる》様に愛された浮舟《うきふね》の女君《おんなぎみ》のようになるのだわ。

菅原孝標の娘（『更級日記』）

と、物語中の人物に己《おのれ》を投影させる。夕顔の君は夕顔というニックネームの如《ごと》く、はかな

く散ったが、その短い期間、光源氏のこの上ない寵愛《ちょうあい》を受けた。美人薄命を絵に描いたような女であった。はかなげながら可憐《かれん》で朗《ほが》らかな性格で、光源氏は彼女にのめりこみ、死後も面影《おもかげ》を追う。

宇治の大将薫は『源氏物語』後編、いわゆる宇治十帖の主人公で、光源氏の若妻女三宮《おんなさんのみや》が柏木《かしわぎ》衛門督《えもんのかみ》という藤原氏の男と密通して生まれたのだが、表向きは光源氏の子だ。その薫に愛された浮舟は光源氏の従妹《いとこ》で、宇治十帖のヒロイン。薫の寵愛を受けながら光源氏の外孫に当たる匂宮《におうのみや》とも関係を持ってしまい、二人の貴人の愛の板ばさみに苦しみ、自殺を決意したが果たせず出家。薫の愛を拒《こば》み続ける。

このような、はかなく美しい夕顔や浮舟に孝標の娘は憧《あこが》れた。高じてくると、多分自分が夕顔や浮舟になったつもりで物語を書くようになったのだろう。『夜半《よわ》の寝覚《ねざめ》』『御津《みつ》の浜松《はままつ》（浜松中納言物語）』『自ら悔《く》ゆる』『朝倉《あさくら》』などを書いたと伝えられている。『夜半の寝覚』は現存部分だけでも五巻あり、かなりの長編であったらしい。『浜松中納言物語』は全六巻もあり、首巻《しゅかん》を欠くが現存する。『源氏物語』、特に宇治十帖の強い影響を受けている物語である。『自ら悔ゆる』『朝倉』は散逸《さんいつ》して現存しない。

やや低俗な読者から脱皮し、見事に作家に転身したのだ。貴人に愛される夕顔や浮舟のようになりたいという彼女の夢は、三十三歳で下野守《しもつけのかみ》橘俊通《たちばなのとしみち》との結婚で潰《つい》えてしまったが。

『源氏物語』の登場人物、モデルは誰？

世間一般と異なり、狭い宮廷であり、そこに評判小説が流布すると、おしゃべり好きの女房たちの中で、モデル問題が生じるのは必然だ。

紫上のモデルは、公任でなくても藤式部自身と考えたくなり、作者は「紫式部」と呼ばれるようになる。だが、藤式部は自分ではないと否定した。その理由は、周りには光源氏のような方はいないから、という。そうすると、同時代に光源氏のモデルもいないわけだが、それでは収まらない。私も女房になった気持ちで、光源氏モデル詮索《せんさく》に参加してみよう。

A女房「光源氏様のモデルは、私たちと同時代のイケメンで色好み、そして歌の上手な藤原実方《さねかた》様よ」

B女房「違うわ。実方様は藤原で源《みなもと》ではないし、天皇の皇子ではないわ。官位だって正四位下で左近衛中将という中流階級よ。左遷されたのは北の陸奥《みちのく》だし、赴任先で落馬して非業《ひごう》の死を遂《と》げたのだから、光源氏様とは全く違うわ。光源氏様のモデルは絶対に、醍醐《だいご》天皇の皇子の西宮《にしのみや》左大臣源高明《たかあきら》様よ」

私は、B女房説に味方して、光源氏と源高明の類似点をまとめてみよう。

■光源氏と源高明の類似点

	光源氏	源高明《たかあきら》
父	桐壺帝	醍醐天皇
父の妃	多勢の女御《にょうご》・更衣《こうい》	中宮《ちゅうぐう》や20人近い女御・更衣
母	桐壺更衣（「桐壺」は物語中の呼び名）	更衣源周子《しゅうし》
源姓になった年齢	読書始めの７歳か８歳	７歳
妻	左大臣の娘葵上《あおいのうえ》。若くして没	左大臣藤原実頼《さねより》の娘。若くして没
時の権力者	右大臣（弘徽殿《こきでん》女御の父）	右大臣藤原師輔《もろすけ》（兄実頼を凌駕《りょうが》する実力者）
邸宅	左京六条《さきょうろくじょう》に四町《まち》（約57600平方メートル）の六条院	右京四条《うきょうしじょう》に四町の豪邸
政変	左遷のような形で須磨明石謫居《たつきょ》	「安和《あんな》の変」で大宰府《だざいふ》左遷
政変時の官職	右近衛大将	左近衛大将
離京の月日	３月20日余り	３月26日
流罪期間	３年間	３年間
没した月日	光源氏は「幻《まぼろし》」帖で退場するが、それは12月	12月16日没

B女房「どう。道長様だの実方様など諸説あるけれど、光源氏様のモデルは絶対に源高明様よ。これだけ類似点があるもの。高明様が色好みであったことは、彼の歌集『西宮左大臣集』を見れば分かるわ。僅《わず》か七十八首の歌集だけれど、全歌恋歌よ。冒頭の歌なんて光源氏様の歌としてもおかしくないわ」

成程《なるほど》、B女房の言うように『西宮左大臣集』を見ると、冒頭歌は「女に」の詞書《ことばがき》で高明は「須磨の海人《あま》の」と歌い始め、

須磨の海人の浦漕《こ》ぐ舟の跡もなく　見ぬ人恋ふる我や何なり

（噂に魅力的だと聞くばかりで見たこともない女に恋する私はどうしたことか）

源高明（『西宮左大臣集』）

と詠む。「須磨の海人」「見ぬ人恋ふる」の二句から、光源氏が京の北山《きたやま》で従者から明石《あかしの》入道《にゅうどう》の娘の話を聞き、逢《あ》ったことはないが心ひかれたことを、『源氏物語』第五帖「若紫」の読者は思い合わせるのではないか。高明は光源氏になりきって詠んでいるのだ。『西宮左大臣集』は高明没後に他者により編まれたと考えられているが、「須磨の海人の」を冒頭に置いたのは、編者も高明光源氏モデル説を意識しているのだ。

モデル問題で被害を被《こうむ》ったのは、紫式部の夫藤原宣孝《のぶたか》の兄の妻、つまり義姉《ぎし》に当たる源明子《めいし》だ。内侍司《ないしのつかさ》の女官で従四位下《じゅしいのげ》相当の典侍《ないしのすけ》なので、源典侍《げんのないしのすけ》と呼ばれていた。『源氏物

語』に詳しい読者諸賢《しょけん》であれば、私が言わんとすることを早くもキャッチしただろう。その通り、『源氏物語』に高齢で妖艶《ようえん》な色好みの、その名も源典侍が登場するのだ。

源典侍は物語の第七帖「紅葉賀《もみじのが》」に初登場するが、その時既に五十七、八歳である。年齢にかかわらず多情で、しきりに光源氏にラブコールを送る。若づくりが激しく、若向きの真っ赤な扇《おうぎ》を持ち歩いていたが、そこには『古今和歌集《こきんわかしゅう》』よみ人知らずの歌、

大荒木《おおあらき》の森の下草《したくさ》老《お》いぬれば　駒《こま》もすさめず刈る人もなし

（大荒木の森の下草が盛りを過ぎ硬くなってしまったので、馬も食べようとしないし、刈る人もいない）

よみ人知らず（『古今和歌集』雑上）

が書かれている。肉体の柔らかさがなくなって誰も見向きもしてくれない老齢の嘆《なげ》きだ。

源典侍は七十歳前後まで長生きし、再会した光源氏に妖艶な仕種《しぐさ》を示す（『源氏物語』第二十帖「槿《あさがお》」）。口さがない女房連中が、物語の源典侍のモデルは、作者の義姉の源典侍とするのは無理からぬこと。紫式部も三十歳後半から四十歳に達しているだろうから、夫宣孝が生きていれば六十歳前後、その兄の妻ならば義姉は六十歳から七十歳。物語の源典侍の年齢に近い。

義姉明子に関する記述はほとんどないので、色好みであったかどうかは分からない。しかし口さがない女房雀《すずめ》たちが、物語作者の身近な人で、老いて典侍を務める明子をモデルと

考えても仕方あるまい。

現代ならば、プライバシー侵害・名誉毀損《きそん》の訴訟を起こすところだが、彼女はいたたまれなくなって典侍を辞して、宮廷から離れたという。このことが更にモデルであることを裏付ける結果になった。

それだから周りの人たちは、モデルにされないように警戒する。

藤式部様はひどく気取っていて、近寄りがたくよそよそしい感じで、物語好きで風流振《ぶ》り、人を人とも思わず、憎らし気《げ》に人を見下《みくだ》す人と、誰も思い毛嫌いしていたのに

紫式部（『紫式部日記』）

には、紫式部に対する警戒心がほのうかがわれるではないか。この批評は続いて「会ってみると不思議なほどおっとりして」とあるものの、作者の陰湿さを指摘しているように思われるのだが。

このように長編小説の作者と喧伝《けんでん》されようと、モデル問題を引き起こそうと、内裏では『源氏物語』の作者として「時の人」であった。『日本書紀』『史記』などをマスターした女学者であろうと、一という文字さえ書けない振りをし（『紫式部日記』）、人目に立つことを避け続け、猫を被《かぶ》ったように控えめにし、自分には宮仕えは憂《う》き世界と、自虐《じぎゃく》的に追い詰めていたのである。

そしてそれは、学んできた歴史書に対する批評に昇華《しょうか》された。「歴史などは人間の一面しか書いていない。物語にこそ委曲《いきょく》を尽くした人間の事柄が書かれている」（『源氏物語』第二十五帖「蛍《ほたる》」）という、有名な文学論を生んだのである。

文学論に熱くなる女たち

作者は光源氏の口を借りて、『源氏物語』第二十五帖「蛍」で物語肯定論を展開するのだが、肯定論に至る展開も巧《たく》みだ。三段階を経て徐々に読者を肯定論に引きずり込む。

養女玉鬘《たまかずら》が物語を読んでいるところにやって来た光源氏は、まず物語否定論を述べる。

このような物語を読む女は、人に騙《だま》されるように生まれついているようですね。本当のことは書かれていないでしょうに。このような出まかせの話にうつつを抜かし、真《ま》にうけたりなさるのですね。
光源氏（『源氏物語』第二十五帖「蛍」）

これが第一段階で、全くの物語否定論だ。次が第二段階で、物語を半《なか》ば肯定する。

こうした数々の作り事の中に、成程そんなこともあろうかと、しみじみ人の心を誘い、根も葉もないこととは分かっていても、興味をそそられるものです。もう一度読むとこんなこともあろうかと感心させられることがあるでしょう。こんな物語も作者の口から出まかせと思うのですが、そうでもないのかな。
光源氏（『源氏物語』第二十五帖「蛍」）

第三段階で、いよいよ物語肯定論に転ずる。

いかにもぶしつけなことを申して、物語を貶《けな》してしまいましたね。物語というものは、神代《かみよ》からこの方、世間に起こったことを書き残したものです。『日本書紀』などの歴史書は、人間の一面を描いたに過ぎません。物語にこそ道理にも適《かな》い、委曲を尽くした事柄が書いてあります。善悪を問わず、この世を生きている人の有様《ありさま》の、見ているだけでは物足りないこと、聞き流しにできないことを後世に伝えたい、そんな事柄を心に包み切れずに書き記したのが物語です。

光源氏（『源氏物語』第二十五帖「蛍」）

こうして、『日本書紀』に代表される歴史書などは、「一面を描いたに過ぎない（ただ片傍《かたそば》ぞかし）」と、文学論を展開する。歴史などは事実の羅列《られつ》だけで人間の心奥《しんおう》の真実を描いていない。虚構だが物語こそ人間の真実を描いているのだと、「事実」と「真実」を明快に分け、真実を描く物語に軍配を上げる。

現代にも通じる卓抜《たくばつ》した確たる文学論を持つ紫式部にとっては、一条天皇も人間の「真実」を読み取る読者ではないし、藤原公任も道長もそうであった。中宮定子の周辺の事実を書き連ねた『枕草子』なども、名指しはしないが、嘲笑《ちょうしょう》の対象だったのだろう。

実は『源氏物語』以前に、短いが物語論を述べた作品がある。『源氏物語』よりも、三、四十年前に書かれた藤原道綱《みちつな》の母の『蜻蛉日記《かげろうにっき》』だ。冒頭の序文ともいうべき箇所に、

為《な》すこともなく、ただ毎日寝たり起きたりして暮らすままに、世の中に沢山ある古《ふる》物語

の端々《はしばし》を読んでみると、どれもこれも、いい加減な作り事や絵空事《えそらごと》ばかりです。

藤原道綱の母（『蜻蛉日記』）

と、光源氏の言う第一段階の物語否定論を述べる。『蜻蛉日記』作者は肯定論に転ずることはなく、自分の身の上を書き記す日記文学に舵《かじ》を切る。自分の体験を描くのだから作り話や絵空事ではない。紫式部は『蜻蛉日記』を読んでいただろうが、こう思ったに違いない。「しかしそれは、一人の女のチマチマした事実であっても、生きる人間すべての真実を描いていないわ」と。

彼女自身『紫式部日記』という日記を書いているのだから、物語文学と日記文学の相違を十分に知っていただろう。

私たちが小説を読んで人物論を語るように、女房同士でも物語のヒーローやヒロインを採り上げては盛んに論争をしている。宮仕えの教養として『古今和歌集』の丸暗記以外にも、流布している物語の知識も必要であった。清少納言は「物語は」として、『住吉物語《すみよしものがたり》』以下十の物語を挙げるが（『枕草子』「物語は」段）、この程度の知識がなければ、女房のおしゃべりの中には入っていけないわけだ。

『源氏物語』に先立つ作者不明の長編物語『宇津保物語《うつほものがたり》』は人気作品で、ヒーローの二人源涼《すずし》と藤原仲忠《なかただ》のどちらが優れているかの議論は盛んだった。涼は紀伊《きい》国（和歌山県と三重県南部）の富豪紀伊掾《きいのじょう》神南備種松《かんなびのたねまつ》の娘が天皇の寵愛を受けて産んだ皇子で、紀伊国で種松夫妻に育てられた田舎《いなか》育ちだが、貴族社会に復帰して「源」の姓を賜《たまわ》り、中納言に至る。涼に比べると仲忠は素性《すじょう》が良く、従二位《じゅにい》右大臣に至った藤原兼雅《かねまさ》の子で、彼も最終官位は中納言である。

討論は、冷泉《れいぜい》天皇の女一宮《おんないちのみや》宗子《むねこ》内親王《ないしんのう》の許《もと》でも行われた。討論をリードする女一宮は仲忠派だ。そこに居た大文化人藤原公任に判定が求められたので、公任は女一宮の気持ちを察して、

奥津波《おきつなみ》吹き上げの浜に家居《いえい》して　一人涼《すず》しと思ふべしやは

（沖から風が吹き上げる紀伊の吹き上げの浜に住んでいて、一人だけ涼しい思いをしてよいものでしょうか）

藤原公任（『大納言公任集』）

と詠み、「自分だけ一人涼を好しと思うことができるだろうか。自分も仲忠派です」と申し上げた。多くの女房が仲忠派なので、それに同調したのだ。

公任の話とほぼ同じ頃、中宮定子の許でも、涼と仲忠の優劣論が交わされている（『枕草子』「返る年の二月二十五日に」段）。定子は、仲忠が幼時に北山の大木の空洞《くうどう》で育った賤《いや》しさを指摘して、涼を良しとし、清少納言は皇女と結婚した仲忠をひいきにする。

人物論が深まれば、作品論に及ぶ。紫式部は『源氏物語』第十七帖「絵合《えあわせ》」の一帖を使

って『竹取物語《たけとりものがたり》』『宇津保物語』『伊勢物語《いせものがたり》』『正三位《しょうさんみ》』などについて、かなり立ち入った作品論を戦わせている。

当時は、物語を一枚ずつ絵に画《えが》き、お姫様などはその絵を見、女房が台本を読み聞かせる紙芝居的なものもあれば、巻物風《ふう》に表装し、絵と話を書き入れた美麗《びれい》なものもあった。「絵合」帖には、白い色紙に青い表紙で黄色の玉の軸《じく》で装丁され、当時の名画師飛鳥部常則《あすかべのつねのり》に絵を、小野道風《おののとうふう》に文字を書かせるという、目にも眩《まばゆ》い絵本が出されたという。

このような物語絵を、左右二チームから差し出して、作品の優劣を争う競技が「絵合」である。論者には、最高の知識人で巧みな言葉で作品を論じる女官や中堅女房が選ばれる。「絵合」帖では、例えば左チームは『竹取物語』を、右チームは『宇津保物語』を出し、人物や主題、構想にまで及んで、作品の優劣を決めるのである。論争は激しく、たった一書ずつでさえも言葉の限りを尽くして争い、なかなか勝負の決着がつかなかったという。

第十七帖「絵合」はもちろん紫式部の作だから、紫式部一人で左右二チームの論者を演じ、甲論乙駁《こうろんおつばく》させている。これは、多くの物語を精読していなければできない芸当だ。宮仕えしても家に居ても、ストレス・憂《うれ》いに落ち込む己の生きがいとして読書と執筆があったのだ。更に紫式部は物語論に終わらせず、光源氏と弟の帥宮《そちのみや》の口を借りて学問論、芸術論へと発展させ、論じるのである。驚くべき思考能力、創作欲を彼女は備えていたのだ。彼女の

「憂き世に生きるパワー」は、恋以外に和歌・物語などの、文学という芸術に集中しているように思われてくるではないか。

このことは紫式部だけではない。彼女に及ばずとも物語や日記を書く女を輩出《はいしゅつ》し、女流文学豊饒期を作り出したことが示している。

センスが光る女流作家の文学作品

女流文学者たちが、日記文学という新たな分野を定着させたことにも、目を向けねばならないだろう。日記文学こそ、近現代日本文学の主流をなす私小説のルーツだ。『蜻蛉日記』冒頭は、自分を客観的に「人」と表現して、

このように空《むな》しく時が過ぎ去って、世の中に頼りなく不安定な様で過ごしている人がいました。　藤原道綱の母（『蜻蛉日記』）

と、己を第三者化して書き始め、

この上なく貴《とうと》い身分の人の妻は、どのような生活をしているのかしらと、尋ねる答の例にしていただきたいと思います。　藤原道綱の母（『蜻蛉日記』）

と、自分のための記録ではなく、公開され、読者に読まれることを意識している。私小説と言わずに何と呼ぼうか。『更級日記』も、

常陸《ひたち》国（茨城県）よりも、さらに奥の上総《かずさ》国（千葉県中部）で成長した人は、どんなに

菅原孝標の娘（『更級日記』）か田舎じみていたであろうに

と、作者自身を「人」と客観視して書き始めている。物詣《ものもうで》の旅の話を書き連ねた後に、二、三年、四、五年も間のあることを、順序もなく書き続けると、すぐ続いて物詣の旅に出かけたように思われるでしょうが、そうではありません。年月は隔《へだ》たっているのです。

菅原孝標の娘（『更級日記』）

などは、明らかに読者を意識している。

このように、己を第三者化して客観的に書き、読者を意識する手法は、和歌が既にそうで、詠者が己を客観的に見て、歌中の主体を「私」として描く。それであるから、歌人は、自分を客観的に見る文学的習性が身に付いていたのだ。

日記の冒頭は、物語のそれに等しい実にセンスある書き方をしている。例えば『紫式部日記』の冒頭は以下のように始まる。

秋の気配《けはい》入り立つままに、土御門殿の有様、言はん方なくをかし。池のわたりの梢《こずえ》ども、遣水《やりみず》のほとりの草むら、おのがじし色づきわたりつつ、大方《おおかた》の空も艶《えん》なるにもてはやされて、不断《ふだん》の御読経《みどきよう》の声々、あはれまさりけり。やうやう涼しき風の気配に、例の絶えせぬ水のおとなひ、夜もすがら聞きまがはさる。

（秋の気配が深くなるにつれ、道長様のお邸《やしき》の御様子は何ともいえないほど趣《おもむき》を深めてくる。池の辺りの木々の枝々や、庭に引き入れた細い流れの遣水のほとりの草むらが、それぞれ色づき、秋の夕映えの空も艶《つや》めき美しく、それらに引き立てられて、不断の御読経の声々も胸にしみいる。やがて涼しき夜風の気配に、いつもの絶えぬ水のせせらぎの音と読経の声が入り交じり夜通し聞こえてくる）

紫式部（『紫式部日記』）

あるいは『和泉式部日記』の書き出し部分は次のようになっている。

夢よりもはかなき世の中を、嘆き侘《わ》びつつ明かし暮らす程に、四月十余日《うづきとおかよひ》にもなりぬれば、木《こ》の下、暗がりもてゆく。築地《ついひじ》の上の草、青やかなるも、人は殊《こと》に目もとどめぬを、あはれと眺《なが》むる程に、近き透垣《すいがい》の下《もと》に人の気配すれば、誰ならんと思ふ程に、故宮《こみや》に候《さぶら》ひし小舎人童《こどねりわらわ》なりけり。

（夢ははかないものだが、それよりも更にはかなかったのは、冷泉天皇皇子為尊《ためたか》親王様との恋です。親王様がお亡くなりになったことにより、恋ははかなく終わってしまいました。悲嘆《ひたん》に暮れながら日々を過ごすうちに、四月十日過ぎにもなり、木々だけは元気に茂《しげ》り、木陰がしだいに暗くなってきます。土を固めて作った塀の上の草が青々と鮮やかなのを、人はとりわけ目にもとめませんけれど、しみじみと物思いにふけって見ているうちに、近くの垣根の辺りで人の気配がするので、誰だろうと思って見ると、亡くなられた為尊親王様にお仕えしていた小舎人童でした）

和泉式部（『和泉式部日記』）

どちらの描写も実にセンスがあるではないか。

院政初期に、源頼国《よりくに》の娘六条斎院宣旨《ろくじょうさいいんのせんじ》が書いたといわれている『狭衣物語《さごろもものがたり》』の冒頭、

少年の春惜《お》しめども留《とま》らぬものなりければ、弥生《やよい》も半ば過ぎぬ。御前《おまえ》の木立《こだち》、何となく青み渡れる中に、中島《なかじま》の藤は、松にとのみ思ひ顔に咲き掛かりて、山ほととぎす待ち顔なり。

（青春のように、はかなく過ぎ去る春は、いかに惜しんでも留《とど》まることはなく、三月も半ばが過ぎてしまった。お庭さきの木々が何となく青々と茂っている中に、池の中の島の藤は、松にまつわり付くものだという顔をして咲き、ほととぎすの訪れを待っている顔つきである）

六条斎院宣旨（『狭衣物語』巻一）

いずれも実に洗練された、しゃれた書き出しである。それに比べると、『源氏物語』第一帖「桐壺」の冒頭は、

いづれの御時《おほむとき》にか、女御《にょうご》、更衣《こうい》あまた侍《さぶら》ひたまひける中に、いとやんごとなき際《きわ》にはあらぬが、すぐれてときめきたまふありけり。

（いつの御代《みよ》であったでしょうか、女御や更衣たちが大勢おいでになられる中に、最高の身分ではないが、天皇の御寵愛を一身に集めて栄えていらっしゃるお方がおいでになった）

紫式部（『源氏物語』第一帖「桐壺」）

と、「いづれの御時」という「時」、プラス「ときめきたまふ（人）」の「人」で始めるという形式で、『竹取物語』や『宇津保物語』などの物語形式を踏襲《とうしゅう》したと思われ、いかにも陳腐《ちんぷ》に感じる。

そこでその陳腐な殻《から》を破り、『和泉式部日記』『狭衣物語』に劣らぬ冒頭文にしたいという読者の意識から、先に述べたような第十二帖「須磨」が巻頭だという伝説が生まれたのだろう。

作者が須磨・明石の光源氏の謫居《たつきょ》の帖を重視していたことは、第十七帖「絵合」で描かれた絵合において、勝負の最後に左方から光源氏自筆の須磨謫居の絵が出され、すべての絵がこれ一巻に圧倒されて左方が勝ちに決まった、というストーリーの展開からも察せられる。第十二帖「須磨」巻頭説は俗説に過ぎないが、それを支持したい気持ちになる。

政争の陰で泣く女を描く

藤原道綱の母は、『蜻蛉日記』に男の世界の出来事である政争を、書くべきか否《いな》かを暫《しば》し惑《まど》った。しかし、

身の上をのみする日記には入《い》るまじきことなれども、哀《かな》しと思ひ入《い》りしも誰ならねば、記《しる》し置くなり。

（自分の身の上のみを綴《つづ》る日記には、入れてはならないことですが、「悲しい」と身に沁《し》みて思ったのも誰でもない私自身なので、このように書き記しておきます）

藤原道綱の母（『蜻蛉日記』）

と決心をして筆を執《と》った。

作者を逡巡《しゅんじゅん》させたそれは、光源氏のモデルとして先に挙げた左大臣源高明《たかあきら》左遷事件である。高明は大宰員外帥《だざいのいんがいのそち》の肩書を与えられたが、実権を持つ大宰帥は別におり、員外帥は実権を持たない定員外の帥で、いわば捨て駒《ごま》だ。高明が源氏にして台閣《たいかく》のトップに立ったことに、源氏が政権を奪取するのではと恐れた藤原氏の画策《かくさく》による政治的捏造《ねつぞう》らしい。冷泉天皇

末年の「安和の変」がこれである。
都人の同情は高明に集まった。

「あいなし」と思ふまで、いみじう悲しく、心もとなき身だに、かく思ひ知りたる人は、袖《そで》を濡《ぬ》らさぬといふ類《たぐい》なし。

（なんてまあ、こんなにまでと自分でも思うほど大変悲しく、事情のよく分からない身でさえもこんなに悲しい。心ある者は皆袖を濡らして泣いたのです）

藤原道綱の母（『蜻蛉日記』）

と、道綱の母は書き始める。
高明の壮麗《そうれい》な豪邸《ごうてい》も左遷三日目に焼失、妻は剃髪《ていはつ》して尼《あま》となった。悲しみに耐えかねた道綱の母は、高明の妻に長歌《ちょうか》を送り、それをも日記に書き留めたのである。長いので一部原文を抜粋し、他は略文を掲げよう。長歌の初めは、

あはれ今は　かく言ふかひも　なけれども　思ひしことは　思い起こせば

（ああ、本当に今となっては言っても仕方のないことだけれど、あの頃思っていたことを思い起こせば）

藤原道綱の母（『蜻蛉日記』）

である。続いて以下のように歌われている。「この春の末に、花がはかなく散るように、左大臣様が配流《はいる》されてしまったと騒いでいたことを、おいたわしい、おいたわしいと聞いて

いました。そのうちに西の深山《みやま》の鶯《うぐいす》が声を限りに鳴くように、左大臣様は泣きながら、昔から縁のある愛宕山《あたごやま》を目指してお入りになったと聞いたけれど、人の噂がひどくなってきて、どうしようもない非道な仕打ちと、嘆きながら身を隠していらっしゃいました。でもとうとう隠れ家も見つかってしまい、山水が遂《つい》に流れ出すように、発見されてお流されになるという大騒ぎになったのでした」。

人言《ひとごと》繁く　ありしかば　道なきことと　嘆き侘び　谷隠れなる　山水《やまみず》の　つひに流ると
騒ぐ間に　世を卯月《うづき》にも　なりしかば　山ほととぎす　立ちかはり　君をしのぶの　声
絶えず

（そのうちに、辛いこの世もその名も憂き月の四月にもなったので、鶯の代わりに、山ほととぎすが鳴くように、世間の人々が左大臣様を偲《しの》ぶ声が、どこの里でも絶えることがありませんでした）

藤原道綱の母（『蜻蛉日記』）

三月に左遷され、四月、五月と月々の風物を取り込みながら、高明一家の悲惨《ひさん》さを歌い、閏《うるう》五月では尼になった妻に歌いかける。

かつは夢かと　言ひながら　逢ふべき期《ご》なく　なりぬとや　君も嘆きを　こりつみて
塩焼く海人と　なりぬらん　舟を流して　いかばかり　うら淋しかる　世の中を　眺め
かるらん

（一方では夢かしらと疑いながら、もう御主人様と再会することができないとお考えになって、投げ木を樵《こ》り積み塩を焼く海人と同じように、貴女様も嘆きを積み重ねて、尼になられたのでしょうか。海人が舟を流してしまって途方に暮れながらも、長海布《ながめ》を刈るように、左大臣様が流され、どんなにか寂しく世の中を眺めて暮らしていらっしゃることでしょうか）

藤原道綱の母（『蜻蛉日記』）

季節は秋になる。秋風が吹き、荻《おぎ》の葉が音を立てる頃には、

いとど目さへや　合はざらば　夢にも君が　君を見で　長き夜すがら　鳴く虫の　同じ声にや　耐へざらんと　思ふ心は　大荒木《おおあらき》の　森の下なる　草の実も　同じく濡《ぬ》ると知るらめや露《つゆ》

（ますます目が冴《さ》えてお休みにもなれないでしょう。夢の中でもいとしい左大臣様にお逢いになることもできず、長い秋の夜を一晩中鳴いている虫のように、こらえきれずに忍び泣きの声を漏らされていることとお察しいたしております。でも、大荒木の森の下草に付いているはかない実と同じような頼りない私も、同じように涙に濡れそぼっているとご存じでしょうか。少しでも）

藤原道綱の母（『蜻蛉日記』）

と、高明の妻への同情の涙で締め括《くく》る。

時の台閣参議《さんぎ》以上二十二名のうち源氏は五人、他は関白《かんぱく》太政《だじょう》大臣《だいじん》実頼を筆頭にすべて藤

原氏が占《し》める。日記作者の夫兼家《かねいえ》は従三位中納言兼蔵人頭《くろうどのとう》の要職にある。彼が高明追放を画策した一人であることは推測されるが、日記作者は兼家の政争動向は全く記さないのである。

心の中に封じ込めておくことのできなかった、哀《あわ》れな高明や政争の陰で泣く高明の妻へのほとばしる同情心、それが長歌という文学を生んだ。

中国の文学観には発憤《はっぷん》著書説がある。失意、不遇《ふぐう》、逆境にあり、憤《いきどお》ってこそ初めて文学に巧《たく》みに成るという思想だが、私はそれに相当する稀有《けう》な文学として、道綱の母の安和の変の長歌を見るのである。

安和の変は武力を伴わぬ貴族社会の権力争いだが、武力を伴い、貴族社会を巻き込んでの武士間の闘争が、源平《げんぺい》の争乱だ。落日の太陽に比すべき平家《へいけ》方の悲劇の皇后建礼門院徳子《けんれいもんいんとくこ》に仕え、平家一門の栄華と崩壊を目《ま》の当たりにした女房右京大夫《うきょうのだいぶ》は、

寿永《じゅえい》、元暦《げんりやく》などのころの世の騒ぎは、夢とも幻とも、哀れとも何とも、すべてすべて言葉で言い表すことのできるものではなく、万事いかがであったかは分からず、かえって思い出すまいと今は思っている。知り合いの平家の人々が都落ちをすると聞いた秋のことは、言っても思っても、言葉では言い尽くせないほどだ。

建礼門院右京大夫（『建礼門院右京大夫集』）

と書く。読者は『平家物語』冒頭の「諸行無常《しょぎょうむじょう》」「盛者必衰《じょうしゃひっすい》の理《ことわり》」を想起するだろう。右京大夫は、平家が最も華やかな時に徳子に仕え、平重盛《たいらのしげもり》の次男新三位《しんさんみ》中将平資盛《すけもり》を愛していたが、彼は戦い破れた壇ノ浦《だんのうら》で錨《いかり》を背負って海中に身を投じ、西海《さいかい》の藻屑《もくず》と消えた。右京大夫はいかに悲しかったことか。

悲報を耳にした右京大夫は、

なべて世のはかなきことを悲しとは　かかる夢見ぬ人や言ひけん

（一般の人が死を悲しいというのは、このような夢としか思えない辛いことに遭《あ》ったことのない人の言葉でしょうか）

建礼門院右京大夫（『建礼門院右京大夫集』）

と悲しむのであった。

彼女は平家一門の滅亡前に、徳子への出仕を辞しているので、主人徳子が壇ノ浦の合戦で、我が子安徳《あんとく》天皇と共に入水《じゅすい》し、源氏方に助けられるという悲劇に遭うことはなかった。もし出仕を続けていれば、右京大夫も徳子や資盛と共に、海の藻屑となっていたかもしれないのだ。

戦乱収まり、生き残った徳子を、大原《おおはら》の庵室《あんしつ》に訪ねたのは当然だが、昔は錦《にしき》の美しい衣《い》裳《しょう》を着重ね、女房も六十余人いたのに、今は見る影もなくやつれ、墨染《すみぞめ》の衣《ころも》の尼姿で、仕える人は僅か三、四人ばかり。あまりの変わりように、胸が一杯で涙も止めようがない。よ

うやく口をついて、

今や夢昔や夢と迷はれて　いかに思へど現《うつつ》とぞなき

（今が夢なのか、昔が夢だったのか、思い迷ってどう考えても現実のこととは思われないのです）

建礼門院右京大夫（『建礼門院右京大夫集』）

と、涙ながらに詠むのであった。

庵室の障子《しょうじ》には、徳子の筆で、

思ひきや深山《みやま》の奥に住居《すまい》して　雲居《くもい》の月を余所《よそ》に見んとは

（このような奥山に住んで、宮中で眺めた月を、よそで見ようとは、かつて思ったでしょうか）

建礼門院徳子（『平家物語』大原御幸）

と書かれていた。栄華と落魄《らくはく》、忘れようとしても忘れられない高倉《たかくら》天皇の中宮、安徳天皇の母としての華麗《かれい》な昔を偲ぶ落魄の身であった。

第三章

男は出世競争に一《いっ》喜《き》一《いち》憂《ゆう》する

男の生きがいは官位昇進

男の階級は明確だ。正一位《しょういちい》から少初位下《しょうそいのげ》まで三十階級に整然と分かれ、律令《りつりょう》制度下の官僚はそのどこかに位置付けられる。その下には位《くらい》を持たないで奉仕する者がいる。衛士《えじ》や防人《さきもり》なども位を持たない。

三十階級のうち、正一位から従三位《じゅさんみ》までの正・従合わせて六階級が上流貴族、正四位上《しょうしいのじょう》から従五位下《じゅごいのげ》まで、正・従に加えて、上・下に分けられての八階級が中流貴族、正・従六位《しょうじゅろくい》は法的には貴族ではないが一般には下流貴族、正七位上《しょうしちいじょう》から下は貴族の名に値しない階級と考えればいい。

ここ迄《まで》に登場した人々で、位階《いかい》または官職の分かる主な人物をこの階級に当ててみよう。各人、生前の最高官職である。

男はこの階段を一歩一歩昇る。しかしその努力にも限界があり、家柄が大きく左右することは否定できない。十世紀政界の主要ポストは、藤原北家《ふじわらほっけ》の関白《かんぱく》太政大臣藤原忠平《ただひら》一門で占《し》められていたのだから。

■主な登場人物の位階と最高官職

一般にいう階級分け		相当官職の例	登場人物
上流貴族	正一位		生前に正一位は叙位されない
	従一位	太政大臣《だじょうだいじん》	藤原道長《みちなが》・藤原良房《よしふさ》・藤原忠平・藤原実頼《さねより》・藤原兼家《かねいえ》・右大臣藤原実資《さねすけ》・藤原頼通《よりみち》
	正二位	左右大臣 内大臣	太政大臣藤原伊尹《これまさ》・左大臣　源　高明《みなもとのたかあきら》・右大臣藤原師輔《もろすけ》・内大臣藤原道隆《みちたか》・内大臣藤原伊《これ》周《ちか》・大納言《だいなごん》藤原道綱《みちつな》・権《ごん》大納言藤原公任《きんとう》・中納言藤原隆家《たかいえ》・権大納言藤原行成《ゆきなり》
	従二位		
	正三位	大納言《だいなごん》	
	従三位	中納言《ちゅうなごん》 大宰帥《だざいのそち》	内侍《ないしのかみ》広井女王《ひろいじょおう》・中納言《ちゅうなごん》藤原兼輔《かねすけ》
中流貴族	正四位上	参議《さんぎ》	
	正四位下	参議	神祇大副《じんぎたいふ》大中臣能宣《おおなかとみのよしのぶ》・左近衛中将《さこんえのちゅうじょう》藤原実《さね》方《かた》・伊勢守《いせのかみ》藤原倫寧《ともやす》・陸奥守《みちのくのかみ》橘道貞《たちばなのみちさだ》
	従四位上		常陸介《ひたちのすけ》菅原孝標《すがはらのたかすえ》・陸奥守　橘　則光《たちばなののりみつ》・源典《げんのないしの》侍《すけ》
	従四位下	大宰大弐《だざいのだいに》	木工頭《もくのかみ》藤原輔尹《すけただ》
	正五位上		
	正五位下		右衛門権佐《うえもんのごんのすけ》藤原宣孝《のぶたか》・左少弁《さしょうべん》藤原為時《ためとき》・越中守《えっちゅうのかみ》橘則長《のりなが》・陸奥守橘則季《のりすえ》
	従五位上	大国《たいこく》の守	肥後守《ひごのかみ》清原元輔《きよはらのもとすけ》・播磨守《はりまのかみ》源国盛《くにもり》・能登守《のとのかみ》源順《したごう》
	従五位下	上国《じょうこく》の守	下野守《しもつけのかみ》橘俊光《としみつ》
下流貴族	正六位上		
	正六位下	中国《ちゅうごく》の守	
	従六位上		
	従六位下	下国《げこく》の守	

生きていく上の苦悩は、境遇により様々あり、一概《いちがい》には言えないが、男の悩みは恋と官位昇進にあった。藤原道長は子が出家をすると言い出した時、「どうしてそんなことを思い立ったのか。何か辛《つら》いことでもあるのか。私が気に入らないのか。官位が不足なのか。それとも、何とかして手に入れたいと思っている女のことか」と尋ねた。『宇津保物語《うつほものがたり》』でも、息子が悶死《もんし》した時、父はもう一人の息子に向かって、「あれはなんでそんなに思い詰めたのだ。官位のことなら限度というものがあるのだが」と言うと、息子は「いやそうではない。男は女のことで思い詰めるものだ」と答えている。

男の生きがいのうち、女のことは章を改めて述べ、この章では官位昇進について話そう。清少納言《せいしょうなごん》は『枕草子《まくらのそうし》』で、「位こそなほめでたきものはあれ（位こそ、やはりめでたいものだ）」（『枕草子』「位こそ」段）と書く。女の目から見ても高位高官は、素晴らしいのだ。

上流貴族間においても、高位高官への階段を昇るために、例えば藤原兼通《かねみち》・兼家兄弟の争いがあった。兼家は参議《さんぎ》の兄を超えていち早く中納言に昇進していたが、摂政《せっしょう》太政大臣藤原伊尹没をきっかけに兄弟の地位は逆転、兄は関白内大臣、弟兼家は相変わらず中納言だ。

この逆転劇が展開された頃、兼家の妻は『蜻蛉日記《かげろうにっき》』に、「正月の人事ということで、夫は例年より少しの暇《ひま》もなく、バタバタしているようです」と書き、「この月は頻繁《ひんぱん》に訪れてきて、何だか不思議だわ」と首をかしげる。

思わしくない人事に疲れきり、ストレスを癒《いや》すための憩《いこ》いの場が作者の許《もと》だったのだ。傷を負った戦士は、疲れきった体を投げだして美女の熱い胸に眠る。妻はそれを理解していなかった。元気を取り戻すと男は、憩いの場を離れ、戦いの場に出て行き、女は男の夜離《よが》れを託《かこ》つ。

このような中で、日記作者と藤原兼家の間の子の道綱も昇進を謀《はか》らねばならない。道綱は大納言《だいなごん》にはなったが、昇進競争相手の藤原実資に「一文不通の人（何も知らない奴）」「四十代になっても自分の名前に使われている漢字しか読めない」と罵倒《ばとう》されたり、一、二か月でもいいから大臣にしてくれと、異母弟の藤原道長に懇願《こんがん》したりしている。

道綱が大納言になるまで、公私共に母親のバックアップがあったに違いない。例えば花山《かざん》天皇主催の晴れの内裏歌合《だいりうたあわせ》に正五位下道綱も列席、歌を出すことになった。その歌の歌題は「山里を眺《なが》める女と鳴くほととぎす」を画《えが》いた絵で、

都人《みやこびと》寝で待つらめやほととぎす　今ぞ山辺を鳴きて過《す》ぐなる

（都人は寝ないでほととぎすの鳴く声を聞こうとしているだろうが、今、この山辺を飛んで、鳴きながら都の方へ行くようだ）

藤原道綱の母（『拾遺和歌集《しゅういわかしゅう》』夏・『蜻蛉日記』巻末歌集　寛和《かんな》二年内裏歌合）

と、山里と都を結び付ける絶妙な歌を道綱は提出したが、実は母の代作であった。

パッとしない緑や緋《ひ》の衣《ころも》は嘆《なげ》く

上流貴族より下でも、四位と五位は正式に貴族の範疇《はんちゅう》に入る。それより下の、律令制度下では貴族ではない六位の人々の昇進をめぐっての哀歓《あいかん》の歌が歌壇を賑《にぎ》わす。

最も分かりやすい例として勅撰和歌集《ちょくせんわかしゅう》歌人を挙げてみよう。『古今和歌集《こきんわかしゅう》』撰者の凡《おおし》河内躬恒《こうちのみつね》、紀貫之《きのつらゆき》、紀友則《とものり》、壬生忠岑《みぶのただみね》、『後撰和歌集《ごせんわかしゅう》』撰者の源順《したごう》・大中臣能宣・清原元輔・坂上望城《さかのうえのもちき》・紀時文《ときぶみ》の九名だ。この名誉ある文化功労者は貴族かと尋ねると、皆さんはどう答えるだろうか。多くの人は貴族と答えるだろう。しかしそれは、庶民に比しての広義の貴族だ。法的には貴族ではない。彼らを最終位階順に上着の袍《ほう》の色を含めて、高位から順に並べてみよう（次ページ参照）。

つまり、法的に貴族というのは従五位下以上を言うのだ。五位と六位の間が管理職とヒラの境目のようなもので、当時の律令官僚もサラリーマン生活で、支給される俸給が通貴《つうき》（貴に準じる）と非貴族の間では倍ほどの差がある。当時は米・絹《きぬ》・鍬《くわ》など現物支給で、それらを合算して『延喜式《えんぎしき》』の禄物価法《ろくもつかほう》で米量に直し、現代の米価で換算すると、概算《がいさん》正六位で年

■勅撰和歌集の撰者の最終位階

広義の貴族		法律による貴族	叙位形式	位階《いかい》	袍《ほう》の色	
貴族	上流貴族	貴（貴族）	天皇による勅授《ちょくじゅ》	正一位～正二位	深紫《こきむらさき》	
				正三位	浅紫《あさむらさき》	
	中流貴族	通貴（貴に準ずる）	天皇による勅授	正四位下	深緋《こきひ》	大中臣能宣
				従五位上	浅緋《あさあけ》	源順 清原元輔 紀時文
				従五位下	浅緋	紀貫之 坂上望城
	下流貴族	非貴族	授位を天皇に奏上《そうじょう》し、裁《さい》可《か》を仰《あお》ぐ奏授《そうじゅ》	正六位上	緑	紀友則
				六位	緑	壬生忠岑
				従八位下	深縹《こきはなだ》	凡河内躬恒

収六百八十万円、従五位では千四百万円、正五位では二千六百万円にはねあがる。正四位の大中臣能宣などは四千万円になる（拙著『日本人の給与明細』角川ソフィア文庫、二〇一五年）。

　俸給が幾《いく》らなのかは、上着の袍の色で分かる。みじめなのは緑の袍を着なければならない六位の非貴族だ。もう一階級上がって緋色《ひいろ》の袍を着たい。切ない願望である。大中臣能宣が六位であった時に、子日《ねのひ》に野原で小松を引く行事に掛けて嘆《なげ》いた歌がある。

　松ならば引く人けふはありなまし
　袖《そで》の緑ぞかひなかりける

（緑の小松ならば引き抜く人が今日はいるように、誰か緑の衣を着

る俺を引き抜いてくれないかなあ。緑の袖の六位では、かいがないよ）

大中臣能宣（『能宣集』）

誰が引き上げてくれたのか、その後、緋の衣の五位、深緋《こきひ》の四位に達している。大中臣氏は政府の執行する祭典を司《つかさど》る神祇官の家であり、代々五位相当の神祇大副《たいふ》を務めているので、彼が緑の袖を脱ぐのは時間の問題であった。しかし父頼基《よりもと》も達しなかった正四位下に至ったのは、歌人として抜群の才能を有し、天皇や政権実力者と密接であり、数多《あまた》の引く人があったからだろう。

緑の衣を嘆く人は他にもいた。藤原兼家の弟大納言藤原為光《ためみつ》の供をして石山寺《いしやまでら》を参詣した内記《ないき》源為憲《ためのり》は、琵琶湖《びわこ》の老松《おいまつ》を見て、

老いにける渚《なぎさ》の松の深緑《ふかみどり》　沈める影をよそにやは見る

（渚の老松の深緑の影が琵琶湖の底に沈んで見えるが、それをよそ事として見ていられようか。**老いた自分もまた深緑の位に沈んだままだ**）

源為憲（『源順集』）

と嘆いた。為憲は緑の袖すなわち正六位上の大内記《だいないき》だったのだろう。その後、沈んでいた老松の為憲も従五位下になり、従五位上に叙《じょ》せられている。漢詩人、文人として優れていたことが、沈める影を浮かび上がらせてくれたのだろうか。

為憲の嘆きの歌に応じ、既《すで》に五位で浅緋の衣の友人源順は、

深緑松にもあらぬ朝明けの　衣さへなど沈み染めけん

（私は貴方《あなた》のような深緑の松ではないのですが、深朱《ふかあけ》の色を待っても、どうして明け方の色のような浅い緋色に染まったままなのでしょうか）

源順（『源順集』）

と返した。「松」に「待つ」、「朝明け」に「浅緋」を掛ける。

為憲は松のように万年緑かと嘆き、順は待っても待っても色濃い朝明けにならない空を、虚《うつ》ろな目で眺《なが》める。為憲は期待した五位になり緋衣を着ることができたが、順は深緋の衣を着る四位になることなく人生を終えた。

順の歌のように掛詞《かけことば》が多用されて技巧的に作られていると、本当に嘆いているのかと疑いたくなるが、それが事実であることは、悲嘆《ひたんぶ》振りが官位のみならず、官職にもあったことと考え合わせると納得できる。そのことは後で話そう。

上流貴族の息子でも、緑の袍の六位では馬鹿にされて、結婚もできない。『源氏物語《げんじものがたり》』の光源氏の息子夕霧《ゆうぎり》は、上流貴族の子だから四位からスタートするはずなのに、父の教育方針もあって緑の袍の六位に任じられた。恋人雲井雁《くもいのかり》と密《ひそ》かに愛し合っていたが、女の乳母《うば》は「六位風情《ふぜい》の男ではね」といちゃもんを付ける。夕霧は、

紅の涙に深き袖の色を　浅緑とや言ひしをるべき

（貴女を思って流す血の涙で、深紅《しんく》に染まった私の袖の色を、六位風情の浅緑よと、言い

貶《おと》してよいものでしょうか）

夕霧（『源氏物語』第二十一帖《じょう》「少女《おとめ》」）

と嘆くのであった。「言ひしをる」は言い貶すこと。
昇格するかしないか、特に五位の人の四位への欲望は強烈なものがあった。「貴」は無理でも「通貴」の最高にはなりたいのだ。昇格の発表は正月に行われる。都詰めの官僚には直《ただ》ちに結果が分かるが、地方官はそうはいかない。小野好古《おののよしふる》の哀《あわ》れなエピソードがある。
大宰大弐《だざいのだいに》小野好古は、藤原純友《すみとも》反乱鎮圧《ちんあつ》のために西国《さいごく》に下っていた。今年こそ四位になるはずと思っていたが、結果は分からない。やがて都にいる友人の源公忠《きんただ》から手紙が来た。手紙には諸事を書き連ねているが、昇格云々《うんぬん》は書かれておらず、月日が書かれ手紙は終わりの体裁《ていさい》をとる。だがその後に、追伸の形で一首の歌が書かれていた。

玉櫛笥《たまくしげ》二年《ふたとせ》あはぬ君が身を　朱《あけ》ながらやはあはんと思ひし

（二年もお逢いしていない貴方に、五位の緋の衣のままの姿でお逢いするとは思いもよりませんでした）

藤原公忠（『大和物語』四段・『後撰和歌集』雑一・『源公忠朝臣集』）

この歌を見た好古は、この上もなく泣いたという。
この歌は実に多くのテクニックを駆使《くし》している。「玉櫛笥」は螺鈿《らでん》などを散りばめ美しく飾ったお化粧道具を入れる函《はこ》で、「蓋《ふた》」があるので「ふたとせ」の枕詞《まくらことば》であると同時に、「二《ふた》」に「蓋」を、「君が身」の「み」に、人を表す「身」と道具を入れる函の「身」を、

「あけ」は、「朱《あけ》」と蓋を「開け」を、「あはし」に（蓋と身が）「合う」と「会う」をそれぞれ掛けてある。「玉櫛笥」「蓋」「身」「開け」は縁語《えんご》でもある。掛詞や縁語などゴテゴテ飾り立てて品がない歌にも見えるが、言い難《にく》いことを何とかソフトに伝えようとした公忠の気遣《きづか》いがうかがわれるではないか。

『後撰和歌集』のみ好古の返しがある。泣きながら詠んだのか、

あけながら年経《ふ》ることは玉櫛笥　身のいたづらになればなりけり

（新年になっても朱色の衣のままで年を経るとは、私はもうだめになりそうです）

小野好古（『後撰和歌集』雑一）

と返した。「私はもう死にそうだ」と落胆《らくたん》の様子が浮かぶ。

好古よ、そう落ち込むなよ。そなたは武人だろう。その上、昨年正月に正五位下になったばかりではないか。たった一年で四位を望むのは無理というものだ。涙を流した翌年正月には念願の従四位下に昇格している。最終官位は従三位参議であった。

ノンキャリア組は女房《にようぼう》に頭を下げて

昇格には何の客観的基準もない。天皇を頂点とする上流貴族たちの思惑《おもわく》一つで決まる。権力者に袖の下を贈るか、おべっかを使うか、哀願するかだ。紫式部の父藤原為時は一編の漢詩で天皇を動かし越前守《えちぜんのかみ》を勝ち取った。

紫式部が日記に「数にしもあらぬ（物の数ではない）五位」とするその五位以下の人たち。親の七光に浴する家柄ではない彼らがねらう旨味《うまみ》のあるポストは、地方の国守《こくしゅ》だ。

紫式部の伯父《おじ》で、従四位下摂津《せつつの》（大阪府北西部と兵庫県南東部）守《かみ》で終わった藤原為頼《ためより》は、生まれた孫が女子だと聞いて、

后《きさき》がねもししからずはよき国の　若き受領《ずりよう》の妻がねかもし

（天皇の皇后候補か、そうでなければ収入の多い国の若い国守の妻の候補になれよ）

藤原為頼（『為頼朝臣集』）

と祝福した。美しくかわいい子だったので祖父の欲望が丸出しの歌である。しかし、為頼も子供たちも四位あるいは五位で、主として国司の最上席の受領だから、后候補は高嶺《たかね》の

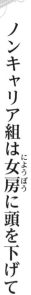

花。せいぜい天皇家や上流貴族のメイド的な女房《にょうぼう》だ。

受領の妻なら見込みなしとはしないが、高収入で若い男となると難しい。若い受領の多くは権門《けんもん》上流貴族の子弟だからだ。彼らは中央でポストを持ち兼任で受領を務める。『蜻蛉日記』作者に求婚した藤原兼家《かねいえ》は兵衛佐《ひょうえのすけ》だったが、兼任で紀伊権介《きいのごんのすけ》を務めていたし、藤原時《とき》平《ひら》、藤原兼輔、藤原実頼、藤原道長など、皆このタイプだ。正二位右大臣藤原不比等《ふひと》の子の宇合《うまかい》などは常陸守として実際に赴任している。実入りのいい大和《やまと》国（奈良県）などの大国《たいこく》や、山城《やましろ》国（京都府）などの上国《じょうこく》の「よき国」は、上流貴族の子弟で占められ、中・下流貴族は残りの安房《あわ》国（千葉県南部）などの中国《ちゅうごく》、壱岐《いき》国（長崎県の一部）などの下国《げこく》の守にしかなれないのだ。

為頼は「若き受領」と「若き」とこだわっているのは、高齢の受領と結婚する例が多かったからだろう。紫式部は二十歳程年上の男と結婚、結婚三年目に夫は死亡してパトロンを失っている。これでは黄落《こうらく》の晩年になる可能性が大きい。

国守という人気職業も、ポストは権守《ごんのかみ》を含めて九十八人分しかなく、激烈な就職レースが展開される。頭も白くなったおじさんが任官申請文書を持って、あちこちの女房の局《つぼね》に寄ってては差し出して自己推薦《すいせん》をし、「どうぞ宜《よろ》しく申し上げてください」などと頼んで回る様子を、清少納言は書いている。

除目《じもく》の頃など、宮中の辺りは実に愉快だ。任官申請の文書を持って歩く四位五位で若々しく感じの良い人は頼もしく見えるが、老いて頭の白い人が、女房の局に寄っては何やかや自分の置かれている事情を話して、任官の助けを頼み、自分が立派な人物であることをいい気になって話す姿を、若い女房たちが真似《まね》をして笑うのを、ご本人は知るはずがない。

清少納言（『枕草子』「正月一日は」段）

男の「生きる」姿の哀れさに、胸痛む思いがする。それなのに嘲笑《ちょうしょう》の対象にするとは。自分たちの父親もそうではなかったのか。清少納言の父元輔こそ、頭が白くなりながら頼み込む一人ではないか。元輔は、

年ごとに絶えぬ涙や積もりつつ　いとど深くは身を沈むらむ

（任官発表の季節になると、毎年毎年絶えない涙が流れてきて、溜《た》まりに溜まって、涙の淵《ふち》となる。その淵に深く深く身を沈めっぱなしになることよ）

清原元輔（『拾遺和歌集』雑上・『元輔集』）

と涙を流して歌い、右近《うこん》という女房に訴嘆《そたん》し、ようやく六十七歳で周防《すおうの》（山口県東部）守《かみ》、八十歳で肥後《ひごの》（熊本県）守《かみ》になっている。

元輔は交際術が下手だったらしい。右大将が続けて子を産ませた時に歌を頼まれ、

年毎《ごと》に祈りしくればおもなれて　珍しげなき千代《ちよ》とこそ思へ

(毎年毎年誕生ごとに千代の幸せを祈ってくると、なれてしまって少しも珍しくないよ)

清原元輔（『元輔集』）

と素っ気なく詠む。生まれた子がかわいそう。親は『元輔集』伝本により、「右大将」「右大将源朝臣《あそん》」と異なる。元輔の時代に右大将になった源朝臣はいないし、単に右大将では分からないが、誰であれ、「珍しげなき」と言われた親は、渋《しぶ》い顔をしただろう。右大将といえば上流貴族垂涎《すいぜん》の職であり、そのような権力者に依頼されたのに「珍しげなき」とは何たること。それだから高齢になるまで、これは、というポストを得られなかったのだ。

ポストレスの社会では、人の死もポストが空《あ》いたという密かな喜びを伴う。「備後《びんごの》（広島県東部）守《かみ》が死んだ。その後任は是非私めに」と元輔は、

誰《たれ》か又年経《へ》たる身を振り捨てて　吉備《きび》の中山《なかやま》越えんとすらん

(誰がまた己《おのれ》の高齢になったことを顧みず、遠い吉備の中山《岡山市吉備津》を越えて備後守として赴任しようというのか)

清原元輔（『元輔集』）

と歌う。備後国は大国なので、元輔も吉備の中山を越えたい一人だったのか。それとも生きるための醜《みにく》い欲望を慨嘆《がいたん》したのか。

地方官就任は僥倖《ぎょうこう》か、都落ちか

今年こそ部長・課長と下馬評《げばひょう》が高かったのに、駄目だった時の悲哀。王朝ポストレスの哀愁《あいしゅう》を、清少納言は『枕草子』の「すさまじきもの（興《きょう》ざめなもの）」段で、「除目に司《つかさ》得ぬ人の家」として描いているので、略述しよう。

今年は必ず任官できると聞き、以前仕えていた人は集まって来るし、出入りする訪問客の牛車《ぎっしゃ》も満杯状態。集まった人々は前祝いの気持ちからか、飲み食いして大騒ぎ。しかし明け方になっても吉報はなく、役所で控えていた下人《げにん》に尋ねると、「殿は新たな国守ではなく、前《さき》の国司ということです」と答える。騒いでいた者たちは一人減り二人減りしていなくなる。残った古くから仕えている人は、来年空くはずの国々を指折り数えている。

清少納言（『枕草子』「すさまじきもの」段）

これもまた男の生きる姿か。

菅原道真《すがわらのみちざね》の直系四代目の子孫の菅原孝標は、道真の名を汚《けが》すような振る舞いもあり、地方官としての能力も大したことはなかったらしい。上総介《かずさのすけ》の任期が果てて以後十三年間、失業状態となっている。『更級日記《さらしなにっき》』作者の父だ。

孝標の娘は、今年こそは、今年こそはと、父親の任官を願ったが、来る年も来る年も駄目。任官リストが発表になる前夜、寝もやらで吉報を待つ思い。同じ思いの友人から、

明くる待つ鐘《かね》の声にも夢覚めて　秋の百夜《ももよ》の心地せしかな

（吉報を期待して、冬なのに秋の夜長を百夜重ねた気で、夜明けを待っていましたのに、夜明けの鐘に吉報の夢は破られたわ）　某女（『更級日記』）

と悲哀の気持ちを送って来た。「明くる待つ」に、失業状態の闇《やみ》が明けることを込めているのか。孝標の娘も、

暁《あかつき》を何に待ちけん思ふこと　なるとも聞かぬ鐘の音ゆえ

（暁を何でこんなに待ったのでしょう。鐘は鳴っても望み通りにはならなかったわ。今年もまた駄目だったの）　菅原孝標の娘（『更級日記』）

と、心境を詠んで送るのである。まるで子供の入試の合格発表を待つ親の心境だ。

この後、ようやく常陸介になったが、年は既に六十歳の高齢だった。せっかく就職しても「宿世《すくせ》の拙《つたな》かりければ、ありありて、かく遥《はる》かなる国になりにたり（前世からの因縁《いんねん》が悪いので、待ちに待った挙句《あげく》の果てに、このような遠い国の守になってしまった）」と嘆いたのである。

孝標のように、ようやく常陸介になっても嘆く人がいれば、地方官でも就職できると大喜

びの家もある。清少納言はその有様《ありさま》を『枕草子』にやや揶揄《やゆ》的に書く。

長い年月を経てやっと国司になった人の様子こそ、嬉《うれ》しそうだ。失業中わずかに残っていた家来にさえ馬鹿にされ、いまいましくても、どうしようもないと思って、過ごしてきたのだが、受領になったと聞くと、急に目上の人たちもやってきて、「仰《おお》せを承《うけたまわ》りましょう」とおべんちゃらを言うようになる様子は、以前の人と同じ人と見えようか。北の方は優雅な女房を召し使い、今まで見たことのない立派な家財道具や着物が、自然に涌《わ》き出るように現れて来ることよ。

清少納言（『枕草子』「したり顔なるもの」段）

「家財道具や着物が、自然に涌き出る」というのは、今まで見向きもしなかった人が、追《つい》従《しょう》顔で贈り物をする様《さま》で、その態度を小馬鹿にしている口吻《こうふん》だ。

これは就職できて僥倖《ぎょうこう》な一家だが、それにしても、失業中離れていた下人たちが同じ職場に再就職を願う浅ましさ。

『源氏物語』では、すっかり零落《れいらく》して廃屋に住む姫君末摘花《すえつむはな》を見限って離れた召使《めしつかい》たちは、光源氏がパトロンになったと聞くと、我も我もと先を争って御奉公《ごほうこう》を願ってくる。作者は「うちつけの心みえに参り帰る（変わり身の早い心もあけすけに、また舞い戻ってくる）」（『源氏物語』第十五帖「蓬生《よもぎう》」）と清少納言と視点を同じくする。生き難い世を切なく過ごす処世術を冷めた目で見ているのだ。

地方政治は、主として中央派遣の守《かみ》・介《すけ》・掾《じよう》・目《さかん》が行う。北は陸奥から南の薩摩《さつま》（鹿児島県）まで五十九箇国あるから、派遣される官僚の数は、権守・権介・権掾《ごんのじよう》などを含めて上下合わせて概算二百七十名程だろうか。

都勤めの京官《きようかん》に比して、地方官は一種の都落ちだ。伊勢大輔《いせのおおすけ》は「遠き所に離《さか》る」と表現しているから、地方官に任ぜられても心中は穏やかではないのだ。甲斐守《かいのかみ》小野貞樹《さだき》は上京する人に、

都人《みやこびと》いかにと問はば山高み　晴れぬ雲居《くもい》に侘《わ》ぶと答へよ

（貞樹はどうしているかと尋ねられたら、山が高いので晴れることのない遠い国で、心も晴れず侘《わび》しく暮らしていると伝えてよ）

小野貞樹（『古今和歌集』雑下）

と、嘆きの歌を託した。

甲斐国でも侘びるならば、雪深い越《こし》の国赴任はもっと辛かろう。中流貴族の出身者歌人六人が、グループの歌の力で認められ自己を売り込み、あわよくば上流貴族にのし上がろうと「和歌六人党」を結成した。しかし貴族社会はそう甘くはなく、その一人橘為仲《ためなか》は越後《えちごの》（新潟県）守《かみ》に任命され赴任することになった。

越後赴任には越中《えつちゆう》（富山県）を通る。越中国砺波《となみ》郡射水《いみず》川（高岡《たかおか》市の小矢部《おやべ》川）を渡り、砺波郡（南砺《なんと》市）の上津《じようづ》で泊まった時に松虫が鳴いていた。為仲は、

我ならぬ人は越路《こしじ》と思へども　誰《たれ》がためにか松虫の鳴く

（私以外にはこのような越の国に来ないと思うのだが、誰を待ってその名も待つという松虫は鳴くのか）

橘為仲（『橘為仲集』）

と、嘆くのである。「越路」に「来しじ」を、「松虫」に「待つ」を掛ける。「我ならぬ人は越路と思へども」というが、紫式部の父為時は、越前、越後の守になっているし、清少納言の子橘則長は越中守だ。万葉歌人大伴家持《おおとものやかもち》も越中守であった。

辺鄙《へんぴ》な国の守として赴任する男は貞樹や為仲のように嘆くが、共に下る妻も辛い。清和《せいわ》天皇の孫娘の一条君《いちじょうのきみ》は宮中生活をしていたが、壱岐守《いきのかみ》の妻となって夫に従い、遥々玄界灘《はるばるげんかいなだ》を越えて壱岐島に下ることになった。一条君は、

たまさかに問ふ人あらばわたの原　嘆き帆《ほ》に挙げて往《い》ぬと答へよ

（たまに私の消息を尋ねる人があったならば、嘆きの声を帆として挙げて、海原を漕《こ》ぎ出して行ったと答えてくださいね）

一条君（『大和物語』三十八段）

と残して旅立って行った。「帆」に、抜きんでて人目に付く意の「秀《ほ》」を掛ける。「嘆き帆に挙げて」は、人目に付くように大声で嘆き泣くことだ。宮中生活をしていた女には、壱岐下向《げこう》はさもありなん。

そうかと言って、愛する女を都に残して下り、赴任地で亡くなったら、都に残っていた女

はどのような気持ちになるだろうか。その女は男の帰京を今か今かと待ち侘びていた時に、任地で亡くなったとの知らせが届いた。女は、

今来《こ》んと言ひて別れし人なれば　限りと聞けどなほぞ待たるる

（すぐ帰って来るからねと言って別れた人なので、亡くなったと聞いても、やはり帰りが待たれてなりません）

某女（『大和物語』五十五段）

と歌った。一方、能天気《のうてんき》な清少納言は『枕草子』で、

受領の妻として任国に下るのをこそ、まああの身分の人の幸せと思っているようだ。

清少納言（『枕草子』「位こそ」段）

と書く。夫の橘則光が土佐《とさの》（高知県）守《かみ》や陸奥守を歴任したのは離婚後だから、清少納言には地方同伴の体験はない。

藤原彰子《しょうし》に仕え、紫式部や和泉式部などと親交のあった歌人伊勢大輔の娘が、大宰帥《だざいのそち》の妻として筑紫《つくし》に下ることになった。それを見送る母は、

千年《ちとせ》まで生《いき》の松原いく君を　心尽くしに恋やわたらん

（筑紫には生の松原があるわ。その生の松原に行く貴女を、千年もの長い間心を尽くして恋い続けるのでしょうか）

伊勢大輔（『伊勢大輔集』）

と悲しんだ。娘は、

生の松いきても君に逢ふことの　久しくならん程をこそ思へ

（筑紫に行って生きていても、お母様に逢うことは、先の先だと思っていますわ）

伊勢大輔の娘（『伊勢大輔集』）

と、涙ながらに返すのであった。

地方赴任に際して同伴すべきか否《いな》か悩むのは、妻だけではなく娘の場合もある。『更級日記』作者の父菅原孝標が、六十歳で常陸介になり下向する時、宮仕えも結婚もしていない二十五歳の日記作者を同伴すべきか否か、父親は昼夜嘆き迷った。

大人になった貴女を同伴しても、私の命は分からない。常陸国で私が死に貴女が京に戻っても、落ちぶれて暮らした例はよくあることよ。常陸国に居残って田舎人《いなかびと》になってさまようのも好ましくないことだ。京に残しても安心できる状態で引き取ってくれる親戚もない。そうかといって、やっと任官した国司の職を辞退することもできない。あれこれ迷った結果、貴女を京に残そうと思う。これが今生《こんじょう》の別れと覚悟して下向しよう。

菅原孝標の娘（『更級日記』）

と、親子「涙をほろほろと落として」別れるのであった。四年後任果てて帰京し、親子は再会した。しかし孝標は高齢であることと地方勤務の苦労から、官界からの引退を決心するのであった。

田舎暮らしはいやだ。都会に戻りたい！

大宰府にしても越前国にしても、地方は地方。都は天国。地方は天国から遠く離れた田舎。だから「天離《あまざか》る鄙《ひな》」と『万葉集』では歌われている。任官争いに勝って地方へ赴任したが、都に帰りたいというのが、国司たちの心底からの思いだった。

万葉歌人の筑前守山上憶良《ちくぜんのかみやまのうえのおくら》は、

天離る鄙に五年《いつとせ》住まひつつ　都の風俗《てぶり》忘らえにけり

（五年も田舎住まいしたので、都の風習などすっかり忘れてしまった）

山上憶良（『万葉集』巻五）

と、嘆きの歌を詠む。筑前の国府は大宰府にある。大宰府といえば都に次ぐ第二の大都会、外国への窓口の都市だ。それでも田舎は田舎。

大宰府でさえもこれなら、その他の国では旨《うま》い酒もなければ、詩歌《しいか》を作る文化人もいないだろうなあと都人は思い、都落ちする友人に同情した。中国とはいうものの下国に等しい当時は辺鄙な能登国《のと》（石川県北部）の国守になって下る七十歳の老官僚源順は十一年間も失業状態が続き、伊賀《いが》・伊勢《いせ》（共に三重県）国司の欠を補う願いの申文《もうしぶみ》で、自分は和泉守《いずみのかみ》を任期一杯の四年間勤め、功績を積んだが、とした上で、

年老い家貧しく、嘆きは深く、愁《うれい》は切《せつ》なり。愚《おろか》にも宿世の罪報を知らず。泣きて憐《あわれ》みを仰がんのみ。

（《和泉守を任期一杯の四年間勤め功績を積みましたが》年は老い家は貧しく、万事嘆きは深く憂《うれ》いは切実です。愚かなことにこの零落が先の世で犯した罪の報《むく》いであるとは思っていません。泣いて貴方様の引き立ててくださる憐れみを願うばかりです）

源順（『本朝文粋《ほんちょうもんずい》』巻六）

と泣き言半分で訴嘆、

程もなき泉ばかりに沈む身は　いかなる罪の深きなるらむ

（底知れぬ泉に沈んでしまったこの身は、前の世でどのような罪深いことをしたからだろうか）

源順（『源順集』）

と詠んだのもこの頃だ。『後撰和歌集』撰者であったことも、和歌・漢詩文に秀《ひい》でていたことも何の役にも立たなかった。

訴嘆した結果が、文字通り天離る鄙の能登守だ。老人は滂沱《ぼうだ》と流れ落ちる涙を止《とど》め得ず、涙を拭《ぬぐ》って歌った。

越《こし》の海に群れはいるとも都鳥《みやこどり》　都の方《かた》ぞ恋しかるべき

（都鳥よ、越の海に群れ楽しそうだが、本当はその名の通り都へ帰りたいのだろうなあ。俺だってそうだよ）

源順（『源順集』）

と、もう一度都へ帰りたいと、友人に別れの歌を贈るのである。涙の誘われる歌だ。順は都に帰ることなく任地能登国で没した。

能登に比べれば、筑紫は天国だ。それでも筑紫に下る友を、できることならば都落ちなどさせたくない。

私《わたくし》の別れなりせば秋の夜を　心尽《こころづ》くしに行くなと言はまし

（なあ、友よ、筑紫は遠い国、個人的事情で下るのなら、秋の長夜を、精一杯心を尽くして引きとどめるのだがなあ。公の命令では仕方がないよ）

藤原兼輔《かねすけ》（『古今和歌六帖』第四帖「別」）

と、つぶやくように歌う。秋の夜、都落ちする友人としんみり語り明かしているのだ。「心尽くし」とあるから、友人は筑紫、多分、大宰府に赴任するのだろう。送る者も送られる者も、盃《さかずき》を交わしながら涙したに違いない。実に友情の込められた歌ではないか。

京の都に次ぐ第二の大都市の大宰府赴任でさえも悲嘆《ひたん》する都人にとって、文字通り北方の「陸地の奥」である陸奥国赴任はなおさらの悲哀だ。

宮廷で喧嘩《けんか》し、「歌枕《うたまくら》を見て参れ」と陸奥守に左遷された藤原実方には、出世にめぐまれず都落ちする従五位下源重之《しげゆき》も付き従っていた。尾羽《おは》打ち枯らした二人が、連れ立って寂しくとぼとぼと陸奥へ下る。

藤原実方が陸奥国赴任に際し高貴な女性に挨拶《あいさつ》に行くと、お付きの女官が餞別《せんべつ》の衣と共に、歌を詠みかけてきた。

陸奥に衣《ころも》の関《せき》はたちぬれど

（貴方の旅装束は裁《た》ちましたが、陸奥の衣の関を立って行かれても）

と、女官が上《かみ》の句を詠んだので、実方は直ちに、

またあふさかは頼もしきかな

（またお逢いすることを頼もしく思っています）

藤原実方（『実方中将集』）

と下《しも》の句を付けた。実方の機知豊かな応酬《おうしゅう》振りが分かる。餞別に衣を下賜《かし》するので、その縁で岩手県平泉《ひらいずみ》の中尊寺《ちゅうそんじ》の近くにある「衣の関」を詠み、「たつ」に「関を立つ」と「衣を裁つ」を掛けている。実方は逢坂《おうさか》の関《せき》を通って帰京することを願っていたのだ。

哀れなことに実方は、任国で馬に乗って笠島道祖神《かさじまどうそじん》の前を通った時、乗っていた馬が突然倒れ、下敷きになって亡くなったという。没年四十歳で、まだまだ若かったのに。

実方に付き従って下向した源重之は、自《みずか》ら貴族社会から遠ざかろうというのだから、貴族

社会での落ちこぼれといえるだろう。五年程陸奥に住み、六十余歳で没したという。
それでも貴族社会に復帰したかったのか、陸奥にいた頃、主君に差し出す官位昇進を願う名簿に、歌を添えた。

陸奥の安達《あだち》の真弓《まゆみ》引くやとて　君に我が身を任せつるかな

源重之（『後拾遺和歌集』雑三・『重之』）

（陸奥の安達の真弓を引くように、貴方様が私を引き立ててくださろうかと、我が身をお任せします）

と懇願《こんがん》するのである。また重之は、従五位下で地方官を歴任していた頃か、陸奥国に無職で下っていた時か分からないが、

枝別《わ》かぬ春に逢へども埋《うも》れ木は　萌《も》えも増《ま》さらで年経《へ》ぬるかな

源重之（『重之』）

（枝を区別することなく春は訪れるのに、埋れ木だけは春の日を浴びても芽生えることなく、年を経ているよ）

と嘆いた。紫式部の父為時は一編の詩で越前守を勝ち得たが、重之は成功しなかったのか。重之の嘆きは続く。春は人事の季節、しかし、殿上《てんじょう》もできず地下に埋もれた埋れ木のような我が身、埋れ木には春の陽光で芽生えることもなければ、火をつけても燃えることはない。見捨てられ忘れられてしまった小舟のようなもの。
西本願寺《にしほんがんじ》本『重之』のこの歌の下絵には、秋風に靡《なび》く葦間《あしま》の捨て小舟が画《えが》かれている。平

安末期の写本であるから、この下絵はもちろん重之の画いたものではないが、実によく歌の感覚を把握《はあく》したセンスある絵だ。

重之のこの歌を採択した『後拾遺和歌集《ごしゅういわかしゅう》』は第四代目の勅撰和歌集で、従二位権中納言に至った藤原通俊《みちとし》の撰である。撰者は第三代目の『拾遺和歌集』からは、『古今和歌集』や『後撰和歌集』のような卑位卑官《ひいひかん》ではなく、上流貴族に替わる。それだけ貴族社会における和歌の重みが増したのだ。『後拾遺和歌集』は十一世紀という摂関《せっかん》時代で、おしゃべりな女房を多く輩出《はいしゅつ》した風潮《ふうちょう》にマッチするように、詠歌背景を詳しく説明する長文の詞書《ことばがき》が多く、和泉式部、相模《さがみ》、赤染衛門《あかぞめえもん》、伊勢大輔など、女流歌人が三割を占《し》める。

実方に女官が「陸奥に衣の関はたちぬれど」と歌ったように、陸奥赴任は見送る方も辛かった。清少納言の元夫の橘則光が陸奥国に赴任する時に、中納言藤原定頼《さだより》は、

かりそめの別れと思へど白河《しらかわ》の　せきとどめぬは涙なりけり

（しばらくの別れとは思うけれど、分からない。今、白河の関で止めることはできないように、涙も止めることができないのだなあ）

藤原定頼（『後拾遺和歌集』別）

と贈るのであった。則光の返歌はないが、定頼の引きによって、一年でも早い帰京を願ったのだろう。

多くの人が陸奥赴任を左遷のような気持ちで、泣きの涙で下向した。陸奥守源信明《さねあきら》は陸

奥から中宮大夫《ちゅうぐうのだいぶ》藤原兼通《かねみち》に、

明け暮れは籬《まがき》の島を眺めつつ　都恋しき音《ね》をのみぞ泣く

（朝晩陸奥と都を隔《へだ》てている垣根のような名の籬の島を眺めては、都恋しと声を挙げて泣いています）

源信明（『信明集』）

と泣き言を送った。籬の島は宮城県塩釜《しおがま》市にある。しかし兼通からは朗報がなく、再び、

思ふこと有りて久しくなりぬとは　君が知らぬか知りて知らぬか

（私が帰京の思いに落ち込んで、かなり長くなることを、貴方は知らないのか、それとも知っていて知らぬ振りをなさるのか）

源信明（『信明朝臣集』）

と、やや詰問《きつもん》調の歌を送った。それほどのストレスだったのだ。「知らぬか知りて知らぬか」がうまい。信明の陸奥赴任は五十二歳だから、泣きの涙で帰京を兼通に訴えるのも無理はない。兼通の配慮があってか垣根を越えて帰京することができ、従四位下になっている。

陸奥守橘為仲《ためなか》はなお哀れで、六十歳過ぎての赴任であった。任地にある浮島《うきしま》に参詣《さんけい》して、次のような歌を神に捧《ささ》げている。浮島は宮城県多賀城《たがじょう》市にある。

祈りつつ猶《なお》こそ頼め道の奥に　沈め給《たま》ふな浮島の神

（浮島の神よ、その名の通り私を陸奥に沈めたままにしないで、浮かび上がらせてください）

橘為仲（『橘為仲集』）

と歌った。これほど帰京を願っていたのにもかかわらず、彼は二年の延任を願い出ている。帰京しても無職であることを恐れてか。しかし、浮島の神は七十歳近い老体の為仲を不《ふ》憫《びん》に思召《おぼしめ》したのか、帰京することができ、正四位下太皇太后宮亮《たいこうたいごうぐうのすけ》に至っている。伝手《つて》を頼っても埒《らち》が明かなければ、最後は神頼みだ。『梁塵秘抄《りょうじんひしょう》』には、

御前《おまえ》より　打ち上げ　打ち下ろし　越す波は　官昇進《つかさまさり》の　頻波《しきなみ》ぞ立つ

（神の御前で頭を上げ下ろしして、官位昇進を祈り願う人波が、頻《しき》りに寄せてくるよ）

（『梁塵秘抄』）

という歌謡がある。為仲も頻波の中の一人だった。藤原実方が突然倒れた乗馬の下敷きになって死んだのは、笠島道祖神へ参詣した時だが、彼も頻波の一人だったのだろう。

美化され、礼賛《らいさん》された陸奥の心象風景

陸奥も東国《とうごく》の範囲だが、〝東夷《あずまえびす》〟、これが都人の東国人観であり、東国体験者の実感だった。その最も具体的な表れが、東国の言語に対してである。無位無官だが名歌人の藤原輔相《すけみ》は、

東《あずま》にて養はれたる人の子は　舌訛《しただ》みてこそ物は言ひけれ

（東国育ちの子は訛《なま》りのある話し方をする）　**藤原輔相（『拾遺和歌集』物名・『藤六集《とうろくしゅう》』）**

と歌った。陸奥を含めて東国人への言語蔑視《べっし》を率直に表現している。東の枕詞は「鳥が鳴く」だが、言葉が鳥の囀《さえず》りに似ているという嘲笑からだろう。

上総介、常陸介など東国勤務が多く、東国を熟知していた『更級日記』作者の父は、東国を「人の国の怖《おそ》ろしきに」（『更級日記』）と評した。平安人は都以外の国を「人の国」と呼んでいるが、「人の」というのは「よその」、自分たちとは異なるよその国が「人の国」で、そこには差別意識が含まれている。「人の国」は怖ろしい所と感じており、だから娘を都に残して常陸国に赴任したのだ。

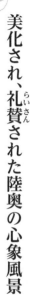

陸奥赴任体験者は怖ろしい陸奥から一日も早く都に帰りたいと願った。しかし、陸奥の実体験のないほとんどの王朝人の歌は、心象風景に基づき、美化しての陸奥礼賛《らいさん》だった。

陸奥はいづくはあれど塩釜の　浦《うら》漕ぐ舟の綱手《つなで》かなしも

（陸奥はどこも感じ入る風景なのだが、とりわけ塩釜の浦を漕ぐ舟を引き綱で引いていく風景には、心がしみじみと感じられる）

（『古今和歌集』東歌《あずまうた》）

と、陸奥の風景はどこも素晴らしいと歌って、陸奥幻想を掻《か》きたてた。

平安時代末期になるが、西行《さいぎょう》も、

陸奥の奥ゆかしくぞ思ほゆる　壺《つぼ》の碑《いしぶみ》外《そと》の浜風

（陸奥は奥ゆかしくものの哀《あわ》れを感じさせ心ひかれ見たくなるところが多い。例えば壺の碑や津軽《つがる》半島東側の外ヶ浜《そとがはま》など）

西行（『山家集《さんかしゅう》』）

と歌った。「壺の碑」は陸奥国府（宮城県多賀城市）にあり、歌枕にもなっている碑で、西行も立ち寄っただろうが、青森県津軽半島突端にある外ヶ浜まで行っただろうか。外ヶ浜に伝わる善知鳥《うとう》伝説を聞いていて、奥ゆかしく思ったのではないか。この歌も陸奥心象風景礼賛のコマーシャルだ。

憧《あこが》れの陸奥の心象風景だけでは満足できず、歌の名所である歌枕を都で再現する猛者《もさ》も現れた。嵯峨《さが》天皇の皇子で臣籍降下した左大臣源融《とおる》は、陸奥出羽按察使《でわあぜち》に任ぜられたことはあるが、在京の遥任《ようにん》で赴任せず、陸奥の体験は全くない。それでも陸奥の歌枕に憧れ、自邸河原院《かわらのいん》の広大な庭に、東歌に詠まれている塩釜の浦を模した庭園を造り、摂津国尼崎《あまがさき》から海水を運んで塩焼きを楽しんだという。

歌人和泉式部の最後の夫で、鬼退治で有名な藤原保昌《やすまさ》は、風流心もあったらしく、陸奥の宮城野《みやぎの》の萩《はぎ》を偲び、六条《ろくじょう》の家の庭に萩を植えた。

保昌は陸奥へ下っていないので、宮城野の萩に見立てて植えた萩は都産だろうが、実際に宮城野の萩を都へ運んだ人物もいる。先の浮島の神に身の浮き上がることを祈った橘為仲で、任果て帰京するに際し、宮城野の萩を長櫃《ながびつ》十二ケースに入れて持ち帰った。入京の時、都大路は見物人で、押すな押すなの騒ぎになったそうだ。

官位が高まれば富は集まり、女も集まる

藤原道長は、男の野望として官位昇進と女獲得を挙げているが、もう一つ野望のあることを忘れている。忘れているというよりは、彼らトップクラスの貴族の視野にはないのだ。それは富蓄積の野望だ。官位と女と富のトライアングルこそ、王朝貴族の生きがいであり、人生の目標であった。

道長や道隆などの俸給は年収三億円から四億円、その上、地方官から、馬など山のように贈り物がある。だからこそ娘の彰子《しょうし》や定子《ていし》には、多くの女房を雇って付けることができた。

官位が高まれば、自然と富は集まり、富が集まれば人も集まり、それが更に富を集め、富を使って官位を高めることもできる。官位が高まり、富が集まれば女も集まる。女房も富に蝟集《いしゅう》する。彼女たちは私的に雇われたメイドであり、その待遇は雇用先の景気が良ければいいが、倒産でもしようものなら、たちまち未払いが出て、失業する。清少納言の勤めていた定子の実家が政治的敗北により倒産状態になった時、失業した清少納言は、道長の妾《めかけ》になったとか、諸国を流浪《るろう》したとかの話もある。

だから女房たちも落ち着かない。情報を交換して、景気のいい職場を探して転職する。中には、幾つかの職場を掛け持ちする女房もいたという。

王朝貴族も官位に伴って俸給が支給される。多くの俸給を与えられている道長のような上流貴族は、莫大《ばくだい》な収入が保証されているからいいものの、中・下流貴族の俸給は滞《とどこお》りがちであった。

十世紀の初め、三善清行《みよしきよゆき》という学者が政府に十二箇条の意見を具申《ぐしん》した。その中に「季節ごとのボーナスを支給するなら全官僚に。上流官僚に偏《かたよ》るな。支給しないなら誰にも支給するな」という条がある。中・下流官僚にはボーナスが支給されない状態であったので、ばら撒《ま》き支給を政府に要求したのである。

中・下流貴族の生活は苦しかった。紫式部や清少納言と同時代の平兼盛《かねもり》は、五位の中流貴族で、地方官で終わったのだが、酒売りの行商人の市女《いちめ》を画いた絵を見て、

招《まね》かねど数多《あまた》の人の集《すだ》くかな　富というものぞ楽しかりける

（お出でお出でと招かなくても、多くの人が富に引かれて集まって来るよ。富というものは実に楽しいものだなあ）

平兼盛（『兼盛集』）

と、実に率直に富を礼賛した。

紫式部は「数にしもあらぬ（物の数ではない）五位」と日記に残すが、家系も良くない彼

らが、このような階級的屈辱《くつじょく》から脱出するには、学歴がものをいわない時代にあっては、富の力にすがる以外にはなかった。もちろん生活のためにも、である。

四位参議藤原元輔は、生まれた子供に「とみはた」と名づけ、五歳頃の袴着《はかまぎ》の祝い歌を清少納言の父清原元輔に依頼した。清原元輔は、

世の中に殊《こと》なることはあらずとも　富は足《た》してん命長くて

（これからの貴方の人生で、どういう特別なことはなくてもいいから、金持ちになりなさいよ、長生きして）

清原元輔（『拾遺和歌集』雑賀・『元輔集』）

と祝った。子供は「うん」とうなずいただろうか。第四句「富は足してん」に子供の名の「富はた」が詠み込まれている。

しかし藤原元輔の子供二人のうち、長男は従四位下で宮殿の掃除などを担当する主殿寮《とのもりょう》の頭《かみ》、次男は従五位下で、下国に等しい中国の能登守で終わる。どちらも「富を足す」生涯であったとは思われないが、長命であったかどうかは分からない。清原元輔の祈りの歌の効果はあったのだろうか。

「富はた」と祝った清原元輔自身、己の子供たちにも同様な期待をしただろう。しかし親自身は長生きしたが、何回も失業の憂《う》き目にあっている。それなのに金持ちになれ、長生きせよ、では子供にはプレッシャーだ。「重苦しいんだよ！」の声が聞こえるではないか。出世

できない自身を顧《かえり》みて、子を叱咤激励《しったげきれい》するタイプの親に近い。

紫式部の伯父為頼は、生まれた孫娘に「収入の多い国の若い国守の妻の候補になれよ」と、高収入の夫の妻になるよう願ったが、当時の物語には、顕職《けんしょく》より地方官を選んで蓄財に成功した人々が描かれる。

『源氏物語』の明石入道《あかしのにゅうどう》の父は大臣、本人は近衛中将だが、その顕職を捨てて地方官となって蓄財に励《はげ》んだ。貯め込んだ金に飽かして、明石に立派な邸宅を造り、一人娘をお妃《きさき》候補か高貴な人の妻にと考えて、都から才色兼備の女房を集め、娘の養育に当たらせた。身の程知らずの偏奇《へんき》な野望だが、為頼の希望と同じだ。

その野望は叶《かな》った。光源氏を婿《むこ》に迎えるチャンスに恵まれ、娘の部屋を「輝くばかりしつらひ」（『源氏物語』第十三帖「明石」）たのであった。この娘は光源氏の現地妻、妻妾《さいしょう》の一人になった明石上《あかしのうえ》であるが、その娘の明石の姫君は天皇の妃となり、子供は皇太子になった。入道の蓄財が功《こう》を奏《そう》したのだ。ということは、作者紫式部も富の力を信じていたのか。

明石入道には先例がある。女房たちが愛読した『宇津保物語』に登場する三春高基《みはるのたかもと》や神《かん》南備種松《なびのたねまつ》も富の力を信じ、富の力で成り上がった男だ。高基は収入の多い地方官を希望し、次々と六国の長官を務め、その富の力で大臣にまで伸《の》し上がった。種松に至っては紀伊掾《きいのじょう》に過ぎないが大変な財産家で、内裏に出仕させた娘は皇子を産む。

中・下流貴族の見果てぬ夢がこれらの物語には託《たく》されており、明石入道も三春高基も神南備種松も成功したが、現実は厳しい。平兼盛同様に地方回りが多く、最後には陸奥で死んだ源重之は、「下衆《げす》にはあらぬ人、世の中に住みわびて、鍬鋤《くわすき》取りて下《お》り立ちたる、程もなく死ぬるを見て（身分の低くはない人が、貴族社会に住みづらくなり、農具を持って慣れない畑仕事に精を出したが、体を傷《いた》め間もなく死んでしまったのを見て）」として、

打ち返し鍬の前刃《まえば》にまみれつつ　秋の田の実《み》も長からぬ世に

（田畑を自ら耕したが、鍬の起こす泥にまみれたかのように、死んでしまった。そんなにしたって秋の実である稲が穫《と》れるわけでもなく、頼みある人生でも長生きできる世の中でもないのに）　　**源重之**（『重之』）

と、悲哀の念を込めて挽歌《ばんか》を捧げた。第四句「田の実」は「稲」と「頼み」を掛ける。身分卑《いや》しからぬこの男、明石入道や三春高基のように、顕職を投げ出して蓄財に精を出そうとしたのか。しかし、武士の商法で失敗、命さえ失う。

働いても、死んでしまえば蓄財どころではない。生きるということは心細いことよ。酒売りの女行商人の市女を画いた絵を見て「招かねど」と富を礼賛した平兼盛は、

なよ竹の末の世細き渡らひは　市女も我も変はらざりけり

（貴族、貴族と言ったって、貴族の端《はし》くれの俺なんか、弱々しい竹の更にその先っちょの

ような細い、心細い生活をしており、市女と同じさ

平兼盛（『兼盛集』）

ともつぶやく。京三条《さんじょう》辺りの市女とか販女《ひさぎめ》とか呼ばれた女行商人であろうか。

詐欺《さぎ》同然の方法で蓄財を謀《はか》ったのが『蜻蛉日記』作者の子の道綱だ。蔵人《くろうど》に命じて内裏の内庫《ないこ》から砂金百両（四・二キログラム）を出させ、それをばら撒《ま》いて、その美麗《びれい》さで幼き後《ご》一条天皇《いちじょう》を喜ばせた。だが、事が終わり回収して内庫に納める真似《まね》をして、懐《ふところ》に入れて退出したという。まさに一獲千金《いっかくせんきん》だが、水戸光圀《みとみつくに》の『大日本史』は、道綱を「性貪鄙《どんぴ》なり」と評するのである。その金を賄賂《わいろ》に使用し、一文字も書けぬ身ながら昇進して大納言にまで至ったのか。

こちらはスマートな蓄財。『梁塵秘抄』は富を掻き集める筆を歌って、

この殿《との》に　良き筆柄《ふでづか》の　あるものを　諸国《そこく》の富を　掻き寄せる　筆の軸のあるものを

（このお邸《やしき》には素敵な筆がありますからね。世界中の富を掻き寄せる筆がありますからね。間違いなく裕福になりますよ）

（『梁塵秘抄』）

と歌う。「掻き」に「書き」を掛ける。金の生る木と同じ発想だ。「筆柄」「筆軸」と筆にこだわるのは、邸の主人が今ならば売れっ子の小説家か。紫式部？　清少納言？　または彼女らの作品を書写して謝礼を貰《もら》った者か。あるいは、貴顕《きけん》の家に出入りして賀の歌を詠み、お祝いの屏風の絵にふさわしい歌を作り書く著名歌人か。

出世などせずとも、生きることは楽しい

出世などとは無縁、落ちこぼれ歌人でいいのだと割り切った人物が、前に「舌訛みてこそ」と東国人の言葉を蔑《さげす》んだ十世紀中頃の藤原相輔だ。

祖父は贈太政大臣正一位藤原長良《ながよし》、父は正四位越前守で毛並みはいいのだが、本人は生涯六位で無官だったので、「藤六《とうろく》」とニックネームで呼ばれた。貴族社会の落ちこぼれにふさわしく、多くのエピソードの主人公だ。その幾《いく》つかを紹介しよう。

ある時、無人の民家に入り込み、鍋《なべ》の中の煮物を匙《さじ》で掬《すく》ってパクパクと食べた。そこへ戻ってきた女主人はとがめた。「これはいかなること。留守に入り込んで煮物を食べるとは。あれまあ、藤六さんではありませぬか。それならば、このことを歌に詠んでたもれ」と。

藤六は即興的に詠んだ。

昔より阿弥陀仏《あみだぼとけ》のちかひにて　煮ゆるものをばすくふとぞ知る

（私は確かに、匙《かい》で鍋の中の煮物を掬《すく》って食べましたが、昔から阿弥陀様は地獄で煮られているものを救うというではありませんか。私も救ってくだされ）

と、匙を手にして歌った。「ちかひ」に「誓《ちかい》」と「匙《かい》」、「すくふ」に「掬う」と「救う」を掛けてある。

藤原輔相（『宇治拾遺物語《うじしゅういものがたり》』）

また藤六が牢獄の前を通ると、囚人が藤六を牢獄の門の中に引きずり込んで言うには、「貴方様は名歌人と聞いております。ここに咲いている菊の花を題に歌を詠んでくだされい」と。

藤六はすぐさま歌った、

人や植えし己《おのれ》や生《お》ひし菊の花　しもとにうつる色のいたさよ

（この菊は、人が人屋《ひとや》に植えたのか、独りで生えたのか。菊は霜《しも》に打たれて色移り甚《はなは》だ美しいが、貴方は肌の色が変わるほど笞打《むちう》たれて痛そうな）

藤原輔相（『袋草紙《ふくろぞうし》』雑談）

「人や」に「獄舎《ひとや》」、「しもと」に「笞《しもと》（鞭《むち》）」と「霜」、「うつ」に「移る」と「打つ」、「いたさ」に「甚《いた》さ」と「痛さ」を、それぞれ掛けるというテクニックの込んだ表現だ。即興にしては、確かにうまい。戯《ざ》れ歌に感心した囚人は、即座に藤六を解放したそうな。囚人と戯れ歌歌人の組み合わせ、まさに貴族社会から逸脱《いつだつ》した歌人の面目躍如《めんもくやくじょ》たるものがある。

庶民の女に囚人、逆に貴族も登場するが、その場への藤六の現れ方が面白い。春、土佐守の家に行った時に、「押鮎《おしあゆ》を食わせろ」と要求したのだから。

押鮎は鮎を塩漬《しおづ》けにして重石《おもし》をしたもので、正月の祝い膳《ぜん》にのる。土佐守紀貫之の『土佐日記』には、船中で正月を迎えたが、野菜や肉など歯固《はがた》めの具もなく、土佐名産の押鮎のみあるので、「ただ押鮎の口をのみぞ吸ふ」と、ユーモラスに人と押鮎のキッスを描く。

いかにも藤六好みの描写だし、歌の詞書には単に「土佐守の家に行き」とあるのみで名がないのは、『土佐日記』や『古今和歌集』撰者として知名度のあった貫之のことだろう。押鮎が土佐の名産であることも貫之説の補助となる。

期せずして、勅撰和歌集撰者の名歌人と、無位無官の落ちこぼれ名歌人が顔を合わせたわけだ。勅撰和歌集撰者の「押鮎を食いたければ、まず歌を詠め」との言葉に、落ちこぼれ歌人は怖《お》めず臆《おく》せず一首ものした。

試《こころ》みに散りもやすると花の木を　押しあゆがせば鶯《うぐいす》ぞ鳴く

藤原輔相（『藤六集』）

（梅の花が散るだろうかなと、こころみに木を押し揺《あゆ》がすと、これは堪《たま》らぬと、止まっていた鶯が鳴いたよ）

藤六は、「これでいかが。押鮎を食わせてくださいますか」と言っただろう。庭に花を咲かせた梅の木があったのだ。そこで某《それがし》の空想する名歌人と迷歌人の対話シーンを。

貫之「成程《なるほど》、『押し揺《あゆ》』に『押鮎』を掛けたのじゃな。しかし、戯れ歌歌人藤六の作にしてはやや平凡な」

藤六「貫之様ほどの名歌人にしては、読みが浅い、浅い。『あゆがせ』に『あゆかぜ』を込めてあるわ。『あゆの風』または『あいの風』は、夏から初秋に主として日本海側に吹く風、海から種々の珍しい魚などを打ち寄せてくれる好ましい風でございます。土佐には吹かない風が今年は貫之様のお邸に吹き、多くの珍品が集まると祝福した、正月のめでたい歌でございますよ」

と、謎解《なぞと》きしたに違いない。

藤六の歌は上流貴顕《きけん》にも愛され、記憶されていた。宮中の炭櫃《すびつ》から煙が立ち上っているのを見た村上《むらかみ》天皇は、お付きの女房に、「何の煙か見て参れ」と命ぜられた。見てきた女房は、

わたつみのおきにこがるる物みれば　海人《あま》の釣《つり》してかへるなりけり

（沖に漕いでいるものを見ると、それは海人が釣りして帰る舟です）

藤原輔相（『藤六集』）・**清少納言**（『枕草子』「村上の御時」段）

と奏上した。これでは炭櫃の煙と何の関係もない歌だが、一読すれば末句の「かへるなりけり」に、「蛙《かえる》なりけり」を掛けているのに気がつき、火鉢《ひばち》の中で燃えて煙を立てていたのは「蛙」であることは即座に理解できる。そうすると、「おき」に「沖」と赤くおこった炭火の「燠《おき》」、「こがるる」に「漕がるる」と「焦《こ》がるる」、「かへる」に「帰る」と「蛙」がそれぞれ掛けてあることを知ろう。わたつみ（海）――沖――漕がるる――海人――釣り――

帰るで結ばれた意味と、懊——焦がるる——蛙のラインの意味とが表裏をなしている。

このエピソードは『枕草子』(「村上の御時」段)にあるのだが、実はこの歌は『藤六集』にある。藤六は村上天皇以前の人物なので、この女房は藤六の歌を借用して答えたらしい。女房たちにまで藤六の歌は愛されていたのだ。

『後撰和歌集』撰者だった源順は、一夜寝ずに明かす庚申《こうしん》の夜、「ああ、藤六がいたならば、このような時には後々にまで残る趣《おもむき》ある歌を詠んだのに」(『源順集』)と嘆息《たんそく》している。藤六追憶《ついおく》の言葉である。貫之、源順、宮廷女房、庶民の女、囚人と、幅広い階級の人々に、落ちこぼれ歌人の藤六は愛されたのだ。

第四章

恋に取り付かれた男は、その身を焦《こ》がす

恋はどこからやってくる？

ある人、「恋はどこから忍び込むのか」とつくづく考えた。

いづこより忍び入りてか惑《まど》ふらん　恋は門《かど》なき物とこそ聞け

（いったい、恋という奴《やつ》はどこから忍び込んできて取り付き、私を惑わせるのか。恋にとっては門などないと聞いているが）　作者不明（『古今和歌六帖《こきんわかろくじょう》』第二帖「門」）

恋を擬人《ぎじん》化しているのが愉快だ。『万葉集《まんようしゅう》』には「恋の奴《やつこ》」という言葉がある。

家にありし櫃《ひつ》に鍵《かぎ》刺し蔵《おさ》めてし　恋の奴のつかみ掛かりて

（家にある箱に鍵をして、その中に閉じ込めておいた恋の奴が飛び出してきてね、いやあ、俺に取り付いたわ）　穂積親王《ほづみしんのう》（『万葉集』巻十六）

と、「恋の奴」という、歌謡曲に取り入れてもよさそうな言葉を生み出した。

一方、恋を「曲物《くせもの》」と表現したのは、十六世紀の歌謡集『閑吟集《かんぎんしゅう》』だ。

来《こ》し方より今の世までも　絶えせぬ物は　恋と言へる曲物　げに恋は曲物　曲物かな

（昔から今に至るまで絶えることのないのは恋という怪しい奴。本当に恋は怪しい奴、怪

しい奴だよ）

（『閑吟集』）

また、誰の作か分からないが、

枕《まくら》より後《あと》より恋の迫《せ》め来《く》れば　せむ方《かた》なみぞ床中《とこなか》に居《お》る

（恋という奴は、枕の方からも足許《あしもと》からも迫って来るので、仕方がなくて寝床の中で縮こまっているのだ）

よみ人知らず（『古今和歌集』誹諧歌《はいかいか》）

は頭を抱えて困り果て、ぶるぶる震えている様《さま》は、まるで北斎《ほくさい》漫画だ。

女だって恋の奴に迫られる。十世紀末頃に、曽禰好忠《そねのよしただ》という歌人がいた。やや変わった性格らしく誰も本名を呼ばず、丹後掾《たんごのじょう》だったので初めは「曽丹後掾《そたんごのじょう》」、その後は「曽丹後《そたんご》」、最後には「曽丹《そたん》、曽丹《そたん》」と侮蔑《ぶべつ》的に呼んだ。本人は嘆《なげ》いてこの後は「ソタ、ソタ」と言ったという（『袋草紙《ふくろぞうし》』雑談）。

ソタは、頭を抱えて迫る恋に震えているような歌人ではない。かといって、恋の奴など擬人化した抽象的なものも考えず、具体的だ。恋に迫られる女の立場で、

さ夜中《よなか》に背《せ》なが来《き》たらば寒くとも　肌へを近み袖《そで》も隔《へだ》てじ

（真夜中にあの方がお出でになったら、寒くても袖で遮《さえぎ》ることもなく肌をピッタリとね）

曽禰好忠（『曽禰好忠集』）

と、冬の夜だろうが、寒さに震えながら歌う。肉感的な雰囲気を醸《かも》し出す「肌」という言

葉は、『万葉集』の東国《とうごく》関係の歌に多いが、奈良の都の歌人が詠《よ》むことは少なく、平安人に至ってはほとんど詠まない。ましてや女が肌という言葉を使う例は全くない。それをソタは、無造作に平気で女に使わせている。更に互いに絡《から》みつく描写を女が歌うなど、これがエレガントな平安貴族社会の歌かと驚いてしまう。だいたい、肌を恋しがるという表現は、男にピッタリなのだが、ソタは、女が男の肌を恋しがると目を見張りたくなるような情景を描く。恋の奴に取り付かれた女の姿だ。

そのソタの夏の恋の歌も傑作だ。春は木の芽が萌《も》え、人の心も燃え、異性が恋しくなる。秋は物寂しいあまりに、あの人と語り合いたいと思い、冬は寒さに耐えかねて互いの温かい肌を求めたくなる。だが、夏はいけない。暑くて暑くて異性を求め抱く気はしない。それでもと夏の真っ昼間に、恋の奴に取り付かれて頑張る汗まみれの抱擁《ほうよう》。

我妹子《わぎもこ》が汗にそぼつる寝緩《ねよ》り髪《がみ》　夏の昼間は疎《うと》しとや見る

（夏の真昼間に抱いてやると、あの長い黒髪も汗でぐっしょり縒《よ》ったよう。どうも厭《いと》わしく見えてね）

曽禰好忠（『曽禰好忠集』）

と愛欲の悩み。「ぐっしょりになる」を意味する「そぼつる」は、「汗」「寝緩り髪」などと共に、およそ都の貴族の歌にはない言葉だ。

同じ寝緩り髪でも和泉式部《いずみしきぶ》の、

黒髪の乱れも知らず打ち臥《ふ》せば　まづ掻《か》きやりし人ぞ恋しき

（黒髪の乱れることも気にせず臥すと、やさしく髪を掻き撫《な》でてくれたあの人が思いださ
れて）

和泉式部（『和泉式部集』）

は、髪を乱して同衾《どうきん》した記憶が蘇《よみがえ》り、体は熱く燃える。かすかな月の光の射し込む寝殿《しんでん》造《づく》りの局《つぼね》に、長い豊かな女の乱れ髪、それを分ける男の顔、男を求める女の姿態《したい》と心情を美しく歌い上げる。ソタの汗まみれの黒髪とは真逆だ。

ソタは稀《まれ》に見る夏の恋の奴の歌人だ。

光源氏顔負けのプレーボーイ。その歌は……

光《ひかる》源氏《げんじ》のモデル説もあるイケメン藤原実方《ふじわらのさねかた》は、光源氏顔負けのプレーボーイ。ある女を訪ねると、その女の袴《はかま》が裂けていて、膝《ひざ》の方まで見えてしまっている。女の顔を見てさえ男はしびれてしまうほどの時代に、若い女の膝の方まで見えたというのだから、失神《しっしん》ものだ。

実方は早速詠んだ。

若き子が袴の股《また》の絶えしより　そのひさかたの見えぬ日ぞなき

（若いあの子の袴の股《また》が裂けて奥の膝まで見えた時から、それがちらちらと目に浮かばない日はないよ）

藤原実方（『実方中将集』）

「ひさかた」は「久方」で、遠くの方という意味と「膝方の」を掛けている。裂け目から遠くの方が見えたというのだから、この袴は上の袴ではなく、その下に穿《は》く下着の下袴《したばかま》だ。

続いてもう一首解《かい》し難い歌を詠む。

夜燃《よるも》ゆる天《あま》の原《はら》をも見てしかば　ただ有明《ありあけ》の心地こそすれ

（夜、燃えさかる天の原を見てしまったので、あまりのまぶしさに夜明けのような気がす

る）

藤原実方（『実方中将集』）

前の歌の「若き子が袴の股の絶えしより」と同じシチュエーションだろうから、夜、男を求めて情欲の炎が燃え上がる女の腹を、下袴の裂け目から見てしまったというのだろう。「天の原」の「天の」は、「原（腹）」を引き出す序か、「尼《あま》の」か。

彼は清少納言と結ばれていた時期もあり、他にも二十人以上の女と関係を持っている。ある女のもとに密《ひそ》かに通っていたら、その女が妊娠《にんしん》した。実方には覚えがなかったらしく、

津《つ》の国の誰《たれ》と伏《ふ》し屋の臥《ふ》し返り　そのはらさへは高くなりしぞ

（貴女《あなた》は誰と何回も寝てその腹が高くなったのか）

藤原実方（『実方中将集』）

と詰問《きつもん》した。摂津《せっつ》国大坂湾の葦《あし》で葺《ふ》いた貧しい小屋が「伏し屋」。「臥し返り」は「男と何回も臥せって」の意。それで「その腹」が高くなったというのだが、「その腹」に信濃《しなの》（長野県）の歌枕《うたまくら》「園原《そのはら》」を掛ける。園原は、

園原や伏屋《ふせや》に生《お》ふる帚木《ははきぎ》の　ありとは見えて逢《あ》はぬ君かな

（園原の伏屋に生えている梢《こずえ》がほうきのような木は、在《あ》るように見えるが近づくと見えない。そのように、いるとは見えながら私に逢おうとしない貴女よ）

坂上是則《さかのうえのこれのり》（『新古今和歌集』恋一）

で知られている。実方の歌は「女の腹を高くした男は誰か消えてしまっている」の意を含ませている。エレガントな光源氏はこのような歌は詠んでいない。実方には光源氏のモデル説から降りてもらおう。

ちなみに、『源氏物語《げんじものがたり》』第二帖の帖名「帚木」も、是則の歌に基づいている。光源氏が近づくと、逢おうとはせず消えてしまう人妻空蟬《うつせみ》は帚木だ。

女の下着を持ち帰る男、自分の下着を忘れて帰る男

女は素肌の上に下袴または内袴《うちばかま》を穿くが、後には女房《にょうぼう》言葉として「すましもの」「ちいいさきもの」との訓も付けられたいわば下着、現在でいうところのショーツだ。

道長《みちなが》室倫子《りんし》の女房で、『栄花物語《えいがものがたり》』正編作者とみられている赤染衛門《あかぞめえもん》の下着を持ち帰った男がいる。彼女の局で共寝《ともね》をしていた男は、中宮定子《ちゅうぐうていし》の父で、正二位摂政関白《しょうにいせっしょうかんぱく》内大臣に至った若き日の藤原道隆《みちたか》だ。

道隆は女を抱くために、女の下着の下紐《したひも》を解《ほど》いた。そして、情事が果てて帰る時に赤染衛門の下着を持ち帰った。その下着を返す時に、

幾度《いくたび》の人の解《と》きけん下紐を　稀《まれ》に結びてあはれとぞ思ふ

（他人が何度も解いては共寝した下紐でしょうが、たまに来て契《ちぎ》りを結ぶと、やはり貴女のことは愛《いと》しく思われますよ）

蔵人少将《くろうどのしょうしょう》道隆（『赤染衛門集』）

と歌い、下紐に付けて返した。女は、

幾度か人も解くべき下紐の　結ぶに死ぬる心地する身を

（下紐を解いて多くの人と寝ている身ですが、貴方《あなた》と契りを結ぶ毎《ごと》に、これが最後かと思うと死ぬほど辛い気がいたしますの）

よみ人知らず（『赤染衛門集』）

と返した。この歌は「返し、代はりて」とあるから、下着を取られて恥ずかしく、赤染衛門は返歌できず、他の人が代作したのか。情事の果てに、男が女の下着を持ち去ったシーンは、疑いなく王朝フェティシズムだ。

さてこちらは、馬内侍《うまのないし》の部屋に下袴、現代でいうところのブリーフを脱ぎ捨てて帰ってしまった男の話。馬内侍は紫式部《むらさきしきぶ》、清少納言、和泉式部、赤染衛門などと並ぶ才女といわれ、中宮定子に仕え、その後、内侍司《つかさ》の掌侍《ないしのじょう》となった女流歌人。実方など多くの男たちと恋愛遍歴を重ね、下着を脱ぎ捨てて帰った男もその一人だ。

男の下着を手に取った女は、その紐に歌を結び付けて、男に遣《つか》わした。臭《くさ》かろうに。

人知れず思ふ心の著《し》るければ　結《ゆ》ふとも解けよ君が下紐

（下着の紐を堅く結んで、私との関係を断とうとしたって駄目よ。結んでも結んでも、恋い慕《した》う私の念力で解いてやるから）

馬内侍（『馬内侍集』）

と、何やら脅迫《きょうはく》めいている。蛇《へび》に睨《にら》まれた蛙《かえる》。怖《おそ》ろしや怖ろしやだ。それにしても臭い仲とはこのこと。下着を忘れた男は何と藤原伊尹《これまさ》で、四十九歳で亡くなった時には正二位太政大臣だった。

下着をめぐる話の主人公は、片や関白にもなり、娘は皇后にもなった道隆。片や太政大臣として政界に君臨した伊尹。歴史書には出てこない裏話だ。紫式部が歴史書などは「ただ片《かた》傍《そば》ぞかし」と言ったのは、このような話のことかもしれない。

皇女姉妹を愛し、斎宮《さいぐう》との許されざる恋も

下着を置き忘れた伊尹の父右大臣藤原師輔《もろすけ》は、醍醐《だいご》天皇の皇女を妻に迎えている。当時、天皇の皇女が臣下に降嫁《こうか》することは禁じられ、前代未聞の出来事であった。しかも三人だ。まず四歳年上の皇女勤子《きんし》を妻とした師輔は、勤子だけでは満足せず、勤子の二歳年下の妹雅《が》子《し》とも関係を持つ。

千年前の話で時効なのだが、この関係が公《おおやけ》になれば、師輔も政治生命を断たれかねないほどの大変なことだ。それは、雅子がその後、伊勢斎宮《いせさいぐう》に卜定《ぼくてい》されているからである。斎宮は未婚の皇女であることが条件のはずだ。

斎宮になってからも、恋歌の遣《や》り取りは止《や》まない。伊勢に下る雅子に師輔は、

逢ふことのあらしに迷ふ小舟ゆえ　とまる我さへこがれぬるかな

（嵐に遭《あ》って、逢うことができずに迷う小舟のような貴女に、こちらにとどまっている私は恋焦《こ》がれています）　**藤原師輔（『師輔集』）**

と送った。「あらし」には「あらじ」と「嵐」が掛けてあり、「小舟」は雅子だ。互いに逢

うことができなくなり、心迷い焦がれる様が、ありありと歌われている。雅子は返歌をした。

八十島《やそしま》の恨《うら》みて帰る舟よりや　こがればこちの風ぞ吹かまし

（逢うことができずに多くの恨みを持っている貴方よりも、私の方が恋焦がれていますので、その思いはこちらから東風《こち》に吹かれて届きますわ）

雅子内親王（『師輔集』）

「小舟」は雅子で、「舟」は師輔で、「こち」は「こちら」と「東風」を掛ける。

その後も師輔と雅子との間で恋歌の遣り取りは絶えない。斎宮は男子禁制のはずだが、このような斎宮もいたのだ。「色好《いろごの》み」が貴族の道徳であり、「密《みそ》か事」もまかり通った社会で、どこからが禁断の恋かの線引きは難しいが、少なくとも斎宮との情事は、禁断の線引き内に入る行為であった。雅子との恋は勤子生前のことである。『師輔集』以外に、この秘密をばらす史料はない。

『師輔集』に記載されるほどだから、当時の人は密かに噂《うわさ》していただろうし、『源氏物語』第十帖「賢木《さかき》」で、斎宮に付き添って伊勢へ下る母六条御息所《ろくじょうのみやすどころ》と光源氏が別れるシーンを読んで、師輔の一件を想起した人もいただろうか。

次の標的は雅子の妹康子《こうし》で、師輔は康子の所に「密かに参らせたまへり（ひそかにお通いになった）」（『大鏡《おおかがみ》』）だが、公然の秘密であったらしい。雨風激しく雷鳴の轟《とどろ》く日、天皇が

「康子は恐ろしがっているだろうから行ってやれ」と殿上人《てんじょうびと》に言いつけた時、師輔の兄実頼《さねより》は「参らじ。おまへの汚《きたな》きに（私は行きません。御殿の庭前が雷雨で汚れていますので——康子様の体の前が師輔により穢《けが》されているので——）」（『大鏡』）とつぶやいた。天皇はそれにより、康子と師輔の関係を知ったという。

皇太后や皇后に准《じゅん》じた待遇を受ける准后《じゅんごう》の位《くらい》にある康子は、師輔最後の妻で、その妻の死の悲しみは大きかった。四十九日の法要で、香の煙が空に上ってゆくのを見て、

遅れいて嘆く心を小夜更《さよふ》けて　法《のり》の煙は行きて告げなん

（後に生き残り悲しむ私の気持ちを、天国にいる妻に告げてくれよ）　藤原師輔（『師輔集』）

と歌う。

伊勢斎宮に密かに通ったり、准后を妻としたり、その他、多くの女と関係した師輔の色好みをピタリと止めたのは、産後の病《やまい》を押して康子が手ずから縫《ぬ》い、遺品とした烏帽子《えぼし》と襪《しとうず》すなわち靴下《くつした》であった。それを用いるごとに師輔は涙した。周囲の誹謗《ひぼう》中傷が多ければ多いほど、二人の絆《きずな》は強くなり、恋は燃えたのだ。

彼の日記『九暦《きゅうれき》』には、「天徳《てんとく》元年六月六日　一品公主《いっぽんこうしゅ》（康子）御産。邪気により入滅《にゅうめつ》の事」とドライに書くのみ。師輔が亡くなったのは、康子の死の四年後で五十三歳であった。

禁じられた恋の愉悦《ゆえつ》

「人妻」という言葉には蠱惑《こわく》的なニュアンスがある。平安人が和歌作製のガイドブックにしていた『古今和歌六帖』第五帖「雑思《ぞうのおもい》」にも「人妻」の項がある。

人妻は杜《もり》か社《やしろ》か唐国《からくに》の　虎伏《とらふ》す野辺《のべ》か寝《ね》てこころみん

（人妻は手出しをすると罰が当たる。神のいます杜か神社か、それとも恐ろしい虎がいる野原か、とにかく寝て試みよう）　よみ人知らず（『古今和歌六帖』第五帖「人妻」）

と、不届きな凄《すご》い歌が挙げられている。杜の神、神社に祀《まつ》られている神様、それに虎、触れると罰が当たるか嚙《か》みつかれる危険なものを並べ、人妻も触れると祟《たた》るか嚙みつかれるか、寝てためしてみようというのだ。怖ろしや、怖ろしや、命懸けだ。

人妻に密かに通う行為を「密か事」という。色好みの男女が大勢登場する『源氏物語』には、密か事にふけるカップルも多い。中には虎臥す野辺に寝て食われて、悶死《もんし》した者もいる。柏木衛門督《かしわぎえもんのかみ》も、その一人だ。

柏木は光源氏の正妻女三宮《おんなさんのみや》と密通し、そのことを光源氏に知られてしまい、恐怖と逢えない苦悩から死んだ。『源氏物語』第三十六帖「柏木」は一帖を使って、衛門督の悩みに悩む心奥《しんおう》を詳細に描く。柏木は、密か事と引き換えに命を失ったのだ。男は官位よりも女のことで死ぬ——道長の息子や『宇津保物語《うつほものがたり》』にある言葉そのままであった。

光源氏の恋の遍歴も並みの恋ではなく、柏木以上に人妻との姦通《かんつう》事件を含む。父桐壺帝《きりつぼのみかど》の妻であり義母でもある藤壺宮《ふじつぼのみや》を手始めに、空蟬《うつせみ》・朧月夜尚侍《おぼろづくよのないしのかみ》などが浮かぶ。藤壺宮との事件は『源氏物語』の核を為《な》し、作者は「あさましかりし事」と表現しており、光源氏は終生罪の意識にさいなまれる。天皇妃となる予定だった娘朧月夜尚侍を光源氏に犯された父親は、娘を「穢《けが》れたり」と怒り、この密か事が遠因で光源氏は須磨《すま》・明石《あかし》に謫居《たっきょ》を余儀なくされる。野に臥す虎に嚙みつかれたような結果になった。

心の中では男を愛しひかれながら、人妻の身を自覚して拒《こば》み続ける悲しさを、実にストレートに表現したのは空蟬だ。

空蟬の羽《は》に置く露《つゆ》の木隠《こがく》れて　偲《しの》び偲びに濡るる袖かな

（蟬の羽に置く露のように木陰に隠れて、人目を忍んで光源氏様恋しの涙で濡れる私の袖だわ）

（『源氏物語』第三帖「空蟬」・『伊勢集』）

と、手元の紙に書くのであった。光源氏に愛を求められ自身も心の内で愛しながら、拒絶しなければならない人妻の心奥の悲しみだ。

この歌は、『古今和歌集』時代の代表的な女流歌人伊勢《いせ》の歌だが、紫式部はそれを借用している。光源氏を心で愛していながらその愛を拒否する人妻空蟬の立場を表すのにぴったりの伊勢の歌を、「空蟬」帖の末尾に置いて締め括《くく》るとは、実に適切な使い方ではないか。帖名の「空蟬」も、この人妻が空蟬と呼ばれているのも、伊勢の歌に基づいている。「空蟬」帖の主題は、この歌に凝縮されているのだ。

人妻と関係を持つことを「密か事」と表現したが、他にも密通を表す言葉は実に多い。嫌らしい文字が「姦通」。「不義密通」となると封建時代を想起させ、後ろからバッサリ斬《き》られそうである。ちなみに平安時代にもバッサリはあった。中原師範《なかはらのもろのり》は妻と密通した高階成棟《たかしなのなりむね》をバッサリだ。

やや即物的な感のあるのが「情交」。「背徳」「不倫」には罪の影があり、反対に罪の影のまるで感じられないのが「浮気」「よろめき」。その他「内通」「私通」。「情事」となると芸術的雰囲気が漂《ただよ》う。

平安時代は律令《りつりょう》制度であるから、姦通罪も規定されている。状況により、一年から二年半の徒刑《とけい》である。徒刑と断罪されると、首枷《くびかせ》をはめられ、夜間は三、四人を紐で繋《つな》ぎ、昼間は紐を外《はず》して労働させるのだ。

問題はその適用にある。事実上一夫多妻であるから、妻ある男が妻以外の女と関係したからとて姦通にはならず、平安時代になって戸籍制度は事実上消滅し、法律婚ではないので、夫である、妻である、との認定も難しく、有婦有夫間の密か事かどうかもはっきりしない。「色好み」が貴族の身に備えるべき道徳であれば、一見放埒《ほうらつ》な社会と見られても、どのような状態が姦通なのかも定め難く、姦通の事実を証明することは非常に困難である。

厳密に法律が機能していれば、藤原道長も光源氏も、いや貴族すべてが検挙され、内閣はもちろん貴族社会は瓦解《がかい》する。『源氏物語』は発禁処分を受けるだろう。何しろ光源氏と桐壺帝の皇后藤壺宮、光源氏の正妻女三宮と柏木の二つの密通事件が、物語のバックボーンになっているのだから。

幸いなことに法律は適用されなかったが、「密か事」「あさましかりし事」や「穢れたり」という言葉には、後ろ暗い影を感じる。

しかしそれは宗教的・倫理的なニュアンスで、光源氏が不倫を後悔する父桐壺帝の皇后藤壺宮を慰《なぐさ》める言葉のように、「このような関係になったのも前世からの因縁《いんねん》」で処理するのだ。

光源氏の正妻女三宮と密通した柏木も「どのような前世の宿縁《しゅくえん》で、このような愛執《あいしゅう》のとりこになったのか」と内省する。その柏木の子を出産した女三宮も、「この世でこのような思いがけない報《むく》いを受けたのだから、来世の罪も軽くなるだろうか」と、前世、この世、来世の三世の因果関係にとらわれているのだから、倫理的な善悪の基準を超越しており、これでは罪の意識などは生じようもない。

文学において、姦通の危険を冒《おか》す設定の効果は大きい。作中人物の愛はますます高揚《こうよう》し読者をドキドキハラハラさせながら引き付ける。現実世界においても姦夫姦婦《かんぷかんぷ》の愛はいやが上にも燃え、それがために秀歌も生まれる。平安末期の歌学書『袋草紙《ふくろぞうし》』（雑談）が、「気が進んだことに対しては、秀歌が詠める」としたのはこのことで、具体的な例として従三位《じゅさんみ》左京《きょうのだいぶ》大夫藤原道雅《みちまさ》を挙げている。

『袋草紙』によると、道雅はそれほどの歌の名人という評判もないのに前斎宮の許に密かに通い、女の父三条《さんじょう》天皇の怒りを買い、逢うことができなくなった。その時、

今は唯《ただ》思ひ絶えなんとばかりを　人伝《ひとづて》ならで言ふよしもがな

（今はもうあきらめようと思うが、せめてそのことを、人伝ではなく直接申し上げる方法があればいいのだが）

左京大夫道雅（『後拾遺和歌集《ごしゅういわかしゅう》』恋三）

と歌う。「これでお別れ」と直接申し上げる機会が欲しいというのは、最後の逢う瀬のチャンスを摑《つか》みたい必死の策略だ。

現職の斎宮ではないので、世間では二人を裂いた天皇を非難、道雅に同情する声もあった。『袋草紙』は「密通の由《よし》」というが、有婦有夫間の密通とは異なり、女は皇族、男は家

柄身分違いの藤原、それゆえ、禁じられた女に密かに通った意での密通か。

通雅は恋したがゆえに、勅撰和歌集《ちょくせんわかしゅう》や『百人一首』に採択される一世一代《ひい》の名歌を残すことができた。もっとも道雅は名人とはいわれないものの和歌に秀で、『後拾遺和歌集』に五首、『詞花和歌集《しかわかしゅう》』に二首と、勅撰和歌集に合わせて七首が入集《にっしゅう》している。

藤原定家《ていか》の父で、第七番目の勅撰和歌集『千載和歌集《せんざいわかしゅう》』撰者の俊成《しゅんぜい》は、

恋せずば人は心もなからまし　物のあはれもこれよりぞ知る

（恋をしなかったら、その人は心がないようなもの。物事のしみじみとした情趣は恋というもので知る。そこから秀歌は生まれるのだ）　**藤原俊成**（『長秋詠藻《ちょうしゅうえいそう》』）

と、恋愛讃歌《さんか》を高々と掲げ、「源氏見ざる歌詠みは遺恨《いこん》の事なり（『源氏物語』を読んでいない歌人は残念である）」（「六百番歌合《ろっぴゃくばんうたあわせ》」の評言）と、恋する人たちの例歌を『源氏物語』に求めたのである。

浮気が発覚!?　取り繕《つくろ》う男たち

女の浮気を表す言葉に「密《みそ》か男《おとこ》する」がある。妻の密か男を知った時、男はどうするだろうか。言葉激しくなじる、暴力を振《ふ》るう、黙って女の許に通わなくなる等々。

ある男はさすがに王朝貴族、言葉荒く詰問《きつもん》することはせずに、エレガントに事情を尋ねたが、女は黙秘権を行使した。しばらく黙していた男は苦渋《くじゅう》に満ちた顔で歌った。

忘れなんと思ふ心の付くからに　言《こと》の葉さへや言へば忌々《ゆゆ》しき

（貴女は私のことを忘れてしまおうと思ったので、今の事情を口に出して話をすることさえも、禁じるべきこととお考えか）

よみ人知らず（『後撰和歌集《ごせんわかしゅう》』雑二）

とつぶやいたが、密か男した妻の返しの歌はない。沈黙のまま時間は経過する。密か事、密通の淀《よど》みに耐えかねる重苦しさ。姦通、不倫がいかに苦悩に満ちたものであるかが歌い込まれている。

エレガントなこの男とは反対に、一晩中詰問した男もいる。「妻《め》の密か男したりけるを見つけて」と詞書《ことばがき》にあるから、密通現場を見てしまったのだ。これでは夫としては、たまらない。エレガントになどと心を落ち着かせる余裕もなく、一晩中問い詰めて、翌朝歌った。

今はとて飽《あ》き果てられし身なれども　霧立ち人をえやは忘るる

（すっかり飽きられて今日でお別れと宣告された我が身だけれど、霧が立つ彼方《かなた》に去って行く貴女を、どうして忘れることができようぞ）　よみ人知らず（『後撰和歌集』雑四）

妻は正妻として夫の家に同居していたのだ。夫は妻を心から愛していた。時は神無月《かんなづき》（十月）で、旧暦では冬の始まりの月。だから、第二句の「飽き果て」に「秋果て」を掛ける。「秋」の縁語で第四句に「霧立ち」と歌い、「霧立ち人」で霧の彼方に去っていく妻を意味させた。夫は秋の葉に置く露のような涙を浮かべていたに違いない。妻は後悔してくれないだろうか。

平安中期の貴族の生態を極めてリアルに語っている第二代目の勅撰和歌集の『後撰和歌集』には、詞書に「異男《ことおとこ》」「異女《ことおんな》」、両方合わせた「異人《ことひと》」などがある。定まった男、または定まった女、つまり既婚者でありながら、他の男や女と関係を持つ状態である。

「異女の文を、妻の『見む』と言ひけるに、見せざりければ（妻以外の女から送られてきた手紙を、妻が見たいと言ったが見せなかったので）」は、夫の密か事が露見しそうな情景だ。このような場合、男はどうする？　まず女からの手紙を読ませず、「この女とは何でもないのだ」と言い訳をする。何でもないのなら、読ませれば身の潔白は証明されるのだが、この夫は、異女からの手紙の裏に歌を書いて妻に見せた。

これはかく怨《うら》み所もなき物を　うしろめたくは思はざらなん

(この手紙に書かれていることには、このように怨みに思うことなどありません。ですから裏を見るほどのこともなく、不安に思わないでくださいよ)

よみ人知らず(『後撰和歌集』恋二・『信明《さねあきら》集』)

面と向かって「怪しい関係ではないのさ」と言うよりは、歌の方がソフトなので事は荒立たない。それにしても、言い訳を即座に歌に作るということは、並みの腕ではない。それにテクニックが素晴らしい。掛詞《かけことば》を駆使《くし》した平安好みのうまい歌だ。「かく」は「かく(このように)」と「書く」、「怨み」には「裏見」、「うしろめたく」は「うしろめたく(不安)」と「(手紙の)裏見《うしろ》たく」を掛けている。歌は手紙の裏に書き、それを妻に見せているのだから、これが表になり、女からの文面は裏になる。だから「裏見たく」だ。

夫の言い逃《のが》れが功《こう》を奏《そう》したかどうかは、妻の返歌がないので分からない。手紙の裏に書いて見せた夫の機知といい歌の出来といい、疑いながらも許したであろうことを祈ろう。

この歌は『信明集』にあるので、陸奥守《みちのくのかみ》従四位下《じゅしいのげ》に至った源信明の歌だろう。この妻は、醍醐天皇の弟敦慶《あつよし》親王と歌人伊勢の間に生まれた中務《なかつかさ》か。やんごとない血筋に繋がるゴシップなので、『後撰和歌集』で「よみ人知らず」にして信明の名をも伏せたのか。そうならば、ますます信明に後ろめたさを感じてしまう。

当時は個人への通信手段がなく、従者による手紙の遣り取りだから、誤配達や同居する家人の手に渡ってしまう例は、しばしばあっただろう。信明の場合と同じような話が『源氏物語』第三十九帖「夕霧《ゆうぎり》」にある。

光源氏の子大納言《だいなごん》夕霧は、初めての位が六位だったので、かつての頭中将《とうのちゆうじよう》、今は引退した太政大臣の娘雲井雁《くもいのかり》と馴《な》れ初《そ》めの頃、女の乳母《うば》から「六位風情ではね」と馬鹿にされた男である。

その後、夕霧は雲井雁を妻としながら、落葉宮《おちばのみや》と呼ばれる女二宮《おんなにのみや》を心に思うようになった。女二宮は光源氏の妻女三宮の姉で、女三宮と密通の結果亡くなった友人柏木衛門督の寡《か》婦《ふ》である。「落葉宮」という黄落《こうらく》を思わせる名は、女二宮と結婚した柏木が「落ち葉を何に拾ひけむ（どうして落葉のような女と結婚したのだろうか）」（『源氏物語』第三十五帖「若菜《わかな》下」）と詠んだことによる。そんな女を夕霧はどうして好きになったのだろう。

落葉宮の母は、訪れもしない夕霧の薄情を恨《うら》み、娘を真実愛しているのか、心変わりしないかなどの真意を確かめる手紙を夕霧に送った。ところが夕霧が手にして読もうとしたこの手紙を、妻の雲井雁に奪われてしまった。その手紙を読めば、夕霧が落葉宮を慕《した》っていることがばれてしまう。

読者の胸をどきどきさせるシーンだが、夕霧は例の如《ごと》く、関係のない別の女からの手紙だと言って誤魔化《ごまか》した。無関心を装い奪い返そうともせず、妻が隠した手紙を、事を荒立てて探そうともしないので、妻は夫の言い訳を信じ込んでしまった。

幸いにも落葉宮の母は病床で書いたので文字が乱れ、雲井雁には読めそうにない。それでも夕霧は妻の目を盗みながら一日中手紙を探すのだが、このあたりのことを作者は、かなりの言葉数を使ってドラマチックに仕立てている。

夕方になって、ようやくあった！　妻の布団《ふとん》の下にである。「嬉《うれ》しうも、をこがましうおぼゆるに、うち笑《え》みて見たまふ（発見できて嬉しくもあり、ちょっとしたことに気づかなかったことに馬鹿らしくも思われて、微笑《ほほえ》みながら御覧《ごらん》になる）」（『源氏物語』第三十九帖「夕霧」）のであった。

手紙を探していた一件で、一日以上も落葉宮の母に返事を送ることができず、自分を恨みながら夜を過ごしただろうと、遣る瀬《せな》無い気持ちになった。夕霧、雲居雁、落葉宮、宮の母の関係がこの先どうなるか、少しばかり話すと、夕霧と落葉宮は結ばれた。頭にきた雲井雁は、十二人の子供のうちから何人かを連れて、実家に戻ってしまった。

すっかり参った夕霧は、「いったいどういう物好きが、このような色好みを面白がるのだろうか。もう懲《こ》り懲《ご》り」と反省するのだが、そこには父光源氏や友人柏木のことが頭にあったのかもしれない。詳細は原作に譲るが、作者は「この痴話喧嘩《ちわげんか》の最後がどうなっていくのか、語り尽くしようがないとか」でこの帖を締め括《くく》る。年中憂鬱《ゆううつ》な顔をしている作者の、微笑みながら筆を進める姿が浮かぶ一帖だ。

この一件を描いた第三十九帖「夕霧」は、『源氏物語』の他の帖からは雰囲気の異なる喜劇的な面白さを含む帖で、王朝喜劇的ホームドラマだ。主人公は手紙の捜索に神経をすり減らし、妻の家出に困り果てる。もう懲り懲りと頭を抱える夕霧の姿を想像すると、思わず吹き出してしまう。一通の手紙を軸《じく》にしての巧《たく》みな構成に、作者紫式部の文筆の冴《さ》えがある。ともすると落ち込む自分を引き立てるために、苦笑しながらピエロ夕霧を書いたのだろうか。

物語の次の帖は再び光源氏の話の本筋に戻り、喜劇から悲劇に一転、ヒロイン紫上《むらさきのうえ》の死を描く第四十帖「御法《みのり》」、光源氏の現世での最後の姿を描く第四十一帖「幻《まぼろし》」と続いて、第一帖「桐壺」に始まる光源氏の話は、幕を下ろすのである。

第五章

老いるということ

年月は逆様《さかさま》に行かぬものかは

万葉《まんよう》歌人山上憶良《やまのうえのおくら》は、

世間《よのなか》の　術《すべ》なきものは　年月《としつき》は　流るる如《ごと》し　取り続き　追ひ来《く》るものは　百種《ももくさ》に　迫《せ》め寄り来《きた》る

（この世でどうにもならないことは、どんどん年月が過ぎ去って、年を取ること。それにつれて迫ってくるものは、病・老・死など多くの苦しみだ）　山上憶良（『万葉集』巻五）

と歌った。

清少納言《せいしょうなごん》も『枕草子《まくらのそうし》』の「ただ過ぎに過ぐるもの」段で、

ただ過ぎに過ぐるもの。帆掛《ほか》けたる舟。人の齢《よわい》。春、夏、秋、冬。

（どんどんと過ぎていくものは、帆掛け船、年齢、春夏秋冬）

清少納言（『枕草子』「ただ過ぎに過ぐるもの」段）

という。そう、年月は流れる如く過ぎに過ぎ、逆様《さかさま》には行かない。妻女三宮《おんなさんのみや》を柏木衛門督《かしわぎえもんのかみ》に奪われた老いたる光源氏《ひかるげんじ》は、柏木に「貴方《あなた》だって若さを誇って勝手な真似《まね》ができるのも、もうしばらく。年月は逆様に流れぬものでしてねえ。誰だって老いを逃《のが》れることはできないのですよ」と皮肉った。

最愛の妻 紫 上《むらさきのうえ》は亡くなり、光源氏は五十二歳。広大な邸宅六条院《ろくじょういん》にも、別邸二条《にじょう》東 院《ひがしのいん》にも愛した女たちはいる。だが、老光源氏の心の中に座を占《し》める女は誰もいない。寂しい。孤独。来《こ》し方行く末を思い、老人はつぶやくのであった。

物思ふと過ぐる月日も知らぬ間に　年も我が世も今日や尽きぬる

（物思いにふけって月日の過ぎていくのも知らずにいる間に、この一年も我が人生も、今日でいよいよ終わってしまうのか）

光源氏（『源氏物語《げんじものがたり》』第四十一帖《じょう》「幻《まぼろし》」）

この歌は、醍醐《だいご》天皇の延喜《えんぎ》年間に美貌《びぼう》で知られた歌人で、従三位《じゅさんみ》権 中 納言《ごんのちゅうなごん》に至りながら三十八歳で亡くなった藤 原 敦忠《ふじわらのあつただ》の歌、

物思ふと過ぐる月日も知らぬ間に　今年は今日に果てぬとか聞く

藤原敦忠（『後撰和歌集《ごせんわかしゅう》』冬・『敦忠』）

を下敷きにしているが、元歌は人々に知られた敦忠の恋の歌で、それを巧《たく》みに老いの歌に引用改訂している紫式部の手腕に、読者は感嘆《かんたん》したに違いない。

行く年月はどうにも止められない。後白河《ごしらかわ》法皇が十二世紀後半に編集した『梁塵秘抄《りょうじんひしょう》』には、こんな歌謡がある。

筑紫《つくし》の門司《もじ》の関　関の関守《せきもり》老いにけり　鬢《びん》白し　何《なに》とて据《す》えたる関の　関屋《せきや》の関守なれば　年の行くをば留《とど》めざるらん

（門司の関所の関守さえも老いを留めることができずに、頭髪は白くなってしまった。どうして関守なのに年の行くのを堰《せ》き止めることができないのか）（『梁塵秘抄』）

これはうまい。これは陸奥《みちのく》へ下った源《みなもとの》重之《しげゆき》が、衣《ころも》の関《せき》で関守に再び会って詠《よ》んだ歌、

昔見し関守も皆老いにけり　年の行くをば得《え》やは留むる

（昔会ったことのある関守も、皆老いてしまった。関守なのに年の行くのを止めることはできないのか）　源重之（『重之』）

の歌謡化であろう。さすがに重之の名作だ。関守も老いは止められない。

それでも老いを止めることができるかのように、中務は円融《えんゆう》天皇に奉《たてまつ》った。

今更に老いの袂《たもと》に春日野《かすがの》の　人笑へなる若菜をぞ摘《つ》む

（今更どうにもならないのに、若返ることを願いつつ、春日野でその名も若菜を摘み、老いの袂に入れているのです。見ている人は笑っているでしょうが）

中務（『円融院御集』・『中務集』）

中務の母は歌人伊勢《いせ》、夫は陸奥守となり、「籬《まがき》の島《しま》」を歌って藤原兼通《かねみち》に帰京を訴嘆《そたん》した源信明《さねあきら》である。

「長生きしたくない」と嘆《なげ》く歌人たち

財政的に豊かであったと思われる娘大弐三位《だいにのさんみ》と同居していようと、あるいは曽祖父中納言兼輔《かねすけ》伝来の広大な邸宅で、女房《にょうぼう》にかしずかれて生活していようと、そして『源氏物語』という大作品をものしようと、紫式部《むらさきしきぶ》の人生観である「世は憂《う》き世」は変わらない。

いづくとも身をやる方《かた》の知られねば　憂しと見つつも長らふるかな　紫式部（『紫式部集』）

（この身を任せる方法も分からず、辛《つら》い辛いと思いながらも、このように生き長らえているの）

と嘆《なげ》くのであった。

『源氏物語』では、光源氏が「世のはかなく憂きを知らすべく、仏などの掟《おきて》たまへる身（人生は、はかなく厭《いと》わしいものだということを悟《さと》らせようとして、仏などが御処置なさった身）」をしみじみと感じつつ、嘆きの歌を歌う。

憂き世にはゆき消えなむと思ひつつ　思ひの外《ほか》になほぞ程経《ふ》る

（憂き世からは、雪の消えるように姿を消してしまいたいと思いながらも、雪が次々と降

るように、心ならずも、こうして憂き世に過ごしていることよ）

光源氏（『源氏物語』第四十一帖「幻」）

紫式部は我が身のこととして、光源氏の最後の帖にこの歌を書いたのだろう。ようやく雪の消えるように紫式部が人生から消え去ったのは、五十歳以降である。

『古今和歌集《こきんわかしゅう》』時代の名歌人伊勢も、子に先立たれ「世の中の憂きことを」と題して、

惜《お》しからぬ命なれども心にし　任せられねば憂き世にぞ住む

（死んでも惜しくはない命だけれども、死ぬことなどは心の自由になるものではないので、こうやって辛い憂き世に生きているの）

伊勢（『伊勢集』）

と溜息《ためいき》をつく。紫式部も伊勢もできるものならば、早く人生から降りたかった。高齢者の嘆きの声だ。

親しくしていた友もだんだんと訪ねて来なくなる。藤原兼輔は紀貫之《きのつらゆき》に、

黒髪の色降りかはる白雪《しらゆき》の　待ちつる友は疎《うと》くぞありける

（黒髪が白雪が降ったような頭になり、待っていた友もだんだん足が遠くなるよ）

藤原兼輔（『後撰和歌集』冬・『貫之集』・『堤《つつみ》中納言集』）

と嘆いた。

夫を喪《うしな》った『更級日記』作者の許《もと》にも、親しい人からの便りがなくなった。作者は、

今は世にあらじものとや思ふらん　あはれ泣く泣く猶《なお》こそは経《ふ》れ

（私のことを、今はもう、この世に生きていないと思っていらっしゃるのでしょうか。かわいそうなことに、泣く泣く、やはりこうして生きながらえておりますものを）

菅原孝標《すがわらのたかすえ》の娘（『更級日記』）

と言い遣《や》るのであった。時に五十二歳、知人からも見捨てられたような高齢者の悲哀。

「あはれ泣く泣く」が胸を打つ。

いったい、この人生は何だったのか。ある人は歌った。

何をして身のいたづらに老いぬらん　年の思はん事ぞやさしき

（何をして無駄に一生を過ごし、老いてしまったのだろうか。積み重ねてきた年が、どう思うかと恥ずかしくなるよ）

よみ人知らず（『古今和歌集』誹諧歌《はいかいか》）

ああ、長生きは嫌だ！　と、嘆くのがこの歌。

恋しの昔や　立ちも返らぬ　老いの波　頂《いただ》く雪の　真白髪《ましらが》の　長き命ぞ恨《うら》みなる　長き命ぞ恨みなる

（若かった頃が恋しいよ。しかし立ち返らない老いの波、真っ白になった頭、長生きは嫌だ、長生きは嫌だ、老いは嫌だ）

（『閑吟集《かんぎんしゅう》』）

長生きすることの恨めしさは、老いて初めて分かるもの。何とかして嫌な老いを止めた

い。何をしようと、何と言おうと、老いは必ずヒタヒタとやってくる。どうせ止めることができないならばと、在原業平《ありわらのなりひら》は、

桜花《さくらばな》散りかひ曇れ老いらくの　来《こ》んといふなる道まがふがに

（老いが道に迷い、私のところへ来ないようにしてやれ。道を一面の花吹雪《はなふぶき》にすれば、老いは道に迷うだろう）　在原業平（『古今和歌集』賀）

と詠んだ。さすがイケメン業平だけあって、実に美しい歌だ。その花吹雪の中を、あちらかこちらかとさまよう老いも、それにふさわしいイケメンの老いであってもらいたい。

この項の止《と》めは、やはりこの歌だろう。ある翁《おきな》の歌だ。

老いらくの来《こ》んと知りせば門鎖《かどさ》して　なしと答へて逢はざらましを

（老いがやってくると知っていたならば、門を閉じて「留守だ」と答えて、逢わなかっただろうに）　三人の翁の一人（『古今和歌集』雑上・『古今和歌六帖《こきんわかろくじょう》』第二帖「翁」）

老いに抗《あらが》うことこそ命を培《つちか》う

老いて「憂き世の長生きは嫌だ」と落ち込む人たちだけではない。残された短い老い先を懸命に生きる人たちもいた。

現職の尚侍《ないしのかみ》として八十余歳で亡くなった広井女王《ひろいじょおう》は、催馬楽《さいばら》という歌謡や和琴《わごん》の名手で、大勢の人が習いに来ていたというが、かなりの高齢になっても教えていたのではないか。

優れた書道家である三跡《さんせき》の一人として有名な藤原佐理《すけまさ》には娘があり、この娘は、九十余歳で後冷泉《ごれいぜい》天皇の皇后宮の「寛子《かんし》春秋歌合《うたあわせ》」の清書を頼まれ、文字もかすれることなく見事に書き上げている。これを『栄花物語《えいがものがたり》』作者は「あさましうめでたし（びっくりするほど見事なものだ）」と評している。

紫式部の娘大弐三位は、後冷泉天皇の即位と共に従三位に昇叙《しょうじょ》しているので女官であり、八十歳近い高齢で内裏《だいり》歌合に出席、子為家《ためいえ》の代作を務めている。

また、子の成尋《じょうじん》が宋《そう》へ渡るのを悲しんだ老母は、綿々《めんめん》と嘆きを書き連ねた。それが『成《じょう》尋阿闍梨母集《じんあじゃりははのしゅう》』で、書き始めたのは八十歳になってからであった。歌数百七十五首、日記ともいえる大歌集である。冒頭に当たる部分は次の文章で始まる。

はかなくて過ぎ侍《はべ》りにける年月の事ども、をかしうもあやしきも数知らず積もり侍りにけれど、それを記《しる》しおきて、人の見るべきことにも侍らぬを、年八十になりて、世に類《たぐい》なきことの侍れば、心一つに見侍るが、しばし書き付けて見侍りまほしうて

（息子の成尋が宋に渡って、はかなく過ぎてしまいました年月の間に起きた事柄には、趣《おもむき》のあることも不思議なことも、数限りなくあったのでしたが、それらを書き記しておいたからといって、人の読むべきものではございませんが、八十歳にもなって、子供が宋に渡るなどという世間にも例のない辛い経験をしましたので、私の心の中だけで悲しんでいましたが、少しその思いを書きつけてみたいと思いまして）

成尋阿闍梨の母（『成尋阿闍梨母集』）

まだまだ後が続く実に長大な序を書いている。

男も負けてはいられない。九世紀中頃、仁明《にんみよう》天皇は尾張浜主《おわりのはまぬし》を宮廷の清涼殿《せいりようでん》の前に召して、雅楽《ががく》の長寿楽《ちようじゆらく》を舞わせた。浜主は老人で、立ち居振《ふ》る舞いも困難であったが、舞台に立つとシャンとして少年のように軽《かろ》やかに舞った。舞い終わった浜主は、

翁《おきな》とて侘《わ》びやはをらむ草も木も　栄《さか》ゆる時に出《い》でて舞ひてん

（年寄りだからとて、老いぼれた侘《わび》しい様でいられましょうか。草も木も御前《おまえ》に出て舞うような栄える御代《みよ》には）　尾張浜主（『続日本後紀《しょくにほんこうき》』承和《じょうわ》十二年正月十日条）

と奏上《そうじょう》したが、時に浜主は百十歳だった。翌年も舞い、天皇は高齢を憐《あわ》れみ、従五位下《じゅごいのげ》を授け、貴族の仲間入りをさせたという。

年を取ると「手束杖《たつかづえ》、腰にたがねて、か行けば　人に厭《いと》はえ　かく行けば　人に憎まえ（手に握った杖を腰に当てがい、あちらへ行けば嫌われ、こちらへ来れば憎まれ）」（『万葉集』巻五）と歌った万葉歌人山上憶良や、「人に馬鹿にされるものは年老いたる翁」（『枕草子』「人にあなずらるるもの」段）と言った清少納言など、裸足《はだし》で逃げ出すほどの元気さだ。

老いてもなお、情念は埋火《うもれび》のごとく

こちらは源 順《したごう》の話。男対女の歌合が開催され、歌の勝ち負けを判定する判者を前和泉守《さきのいずみのかみ》源順が務めた。加賀掾《かがのじょう》 橘 正通《たちばなのまさみち》と女歌人の但馬君《たじまのきみ》が「虫の音」を歌題に争った時に、判者の順は但馬君の歌を勝ちにした。その時に、順は弁解がましい歌を詠んだ。

白けゆく髪には霜《しも》の翁草《おきなぐさ》　言《こと》の葉もみな枯れ果てにけり

（髪は霜が置いたように白く、翁草のようになり、歌の力も枯れ果てて、良し悪しの判断もつきかねる老人になりまして）

源順（『順集』）

そこで、負けに決まった正通が言うには、

霜枯《しもが》れの翁草とは名乗れども　女郎花《おみなえし》にはなほ靡《なび》きけり

（源順様は、ご自分は霜枯れのしょぼくれた翁草だとおっしゃいますが、どうしてどうして。美女には今も靡くようですなあ）

橘正通（『順集』）

正通は、順が女をひいきにして勝たせたとして、皮肉《ひにく》ったのだ。「翁草」は開花後にできるタネに白く長い毛があり、そのタネが密集して風にそよぐ姿を老人の白髪に見立てて「翁草」と呼ばれる。その翁草と秋の七草の一つ女郎花とを並べ、老人と女を意味させたのだ。
正通の歌だけではなく、女郎花はその文字からどうしても女を想起させる。ある人は女郎花を見て高齢の身を嘆き、

女郎花匂ふ盛《さか》りを見る時ぞ　我が老いらくは悔《くや》しかりける

（若々しい盛りの女を見ると、老いた己《おのれ》が悔しくて）よみ人知らず（『後撰和歌集』秋中）

と歌った。
それならば杖を突いてでも花が見られるように、足腰を鍛えるのだな。ある男は歌う。

世々《よよ》を経《へ》て古《ふ》りたる翁杖突きて　花のあたりを見る由《よし》もがな

（年取って古びた年寄りだが、杖を突いて桜の花の咲くところを見たいものだ）

よみ人知らず（『古今和歌六帖』第四帖「杖」）

老いても落ち込まないで、恋に生きることを楽しむ人だっていた。ある人は、

味気《あじき》なし何の曲事《まがごと》今更に　童事《わらわごと》する翁にしもて

（考えてみるとつまらない誤ったことなのだ。老年になって、若者のするような恋をするなんて）

よみ人知らず（『古今和歌六帖』第二帖「翁」）

と、いささか反省しつつも歌った。恋の奴《やっこ》は年齢に見境なく攫《つか》み掛かるものなんだ。年寄りが若者と同じ欲望、感情を持つと世間の非難を浴びる。

こんな流行《はや》り歌だってある。

婆娑《しゃば》にゆゆしく　憎きもの（中略）**頭白《かしらしろ》かる翁どもの　若女《わかめ》好み　姑《しゅうとめ》の尼君《あまぎみ》の　もの妬《ねた》み**

（世の中で非常に憎らしいものは、頭の白くなった年寄りが、年がいもなく若い女に狂う有様。姑の尼様が嫉妬《しっと》をする有様）

（『梁塵秘抄《りょうじんひしょう》』）

と、老人の恋は醜悪《しゅうあく》で嫌悪感をもよおすと言うのだが。

女だって晩年に情念を燃やす。浮かれ女《め》と評された和泉式部《いずみしきぶ》は、

あらざらんこの世の外《ほか》の思ひ出に　今一度《ひとたび》の逢ふこともがな

（先の長くない今、あの世への思い出にもう一度貴方にお会いして抱いてもらいたいの）

和泉式部（『和泉式部集』）

と、もうダメかなという思いから、愛人に送った歌だ。さすが和泉式部、女の情念が迸《ほとばし》り出ているではないか。

これも多分、伊勢の晩年の歌だと思うのだが、忘れ果ててしまっていた男と夢の中で逢い、悲しい歌を詠む。

春の夜の夢に逢ふとし見えつるは　思ひ絶えにし人を待つかな

（春の夜、忘れていた男の夢を見たの。心の奥ではその人に逢いたいのかしら）

伊勢（『伊勢集』）

今まで愛し合ったあの男この男が、晩年になって思い出される。その中の一人を夢に見たのだ。春の夜の夢、「春夢《しゅんむ》」は情事の夢のこと。

今ひとたびの逢うことも叶《かな》わず、情念を燃やしても春夢に過ぎない。それゆえ、ますます侘しさがつのる。和泉式部は、

数ふれば年の残りも無かりけり　老いぬるばかり悲しきはなし

（数えてみると今年も残り少なくなったわ。そのように私の生きている年もまた……。年を取るということは悲しいことだわ）

和泉式部（『和泉式部集』）

とつぶやいた。単に年老いたということだけではなく、男の愛を受けることができなくなった悲哀からの嘆息《たんそく》か。しかし情念は埋火《うもれび》として消滅していないのだ。

伊勢や和泉式部には申し訳ないが、鎌倉時代の百科全書『二中歴《にちゅうれき》』には、

不用物《ふようなるもの》　老女の好色（不要なものは　老女の好色）

と、老女には冷たい。

しかし彼、彼女らにとって、舞うこと、歌を詠むこと、書くことなどの自分の仕事、あるいは恋を放棄することは、墓に入ることに等しかったのだ。

女の黄昏《たそがれ》は「家売ります」から

黄昏《たそがれ》、黄落《こうらく》……。「三十四、五にし成りぬれば、紅葉《もみじ》の下葉《したば》に異ならず」とした『梁塵秘抄』に悪乗りするなら、「四十過ぎれば濡《ぬ》れ落葉《おちば》」だ。

王朝貴族の財産継承は女から女へとされていた。夫婦関係がしっかりしていて財産があれば、高齢を迎えても何とか切り抜けることができる。ところが平安時代は現在のような法律婚ではなく、セックスの関係もかなり自由放埒《ほうらつ》だから、男がふらふらと他の女に吸い寄せられれば、「虚構の家」はたちまち崩壊。零落《れいらく》の道をたどるのは女たちだ。若い時宮廷でチヤホヤされ放埒な毎日を送っていた宮廷女房連中も、年を取り、やつれてくると、顧《かえり》みる男もいなくなる。

使い古した鏡にボヤッと怪しげに映る顔、よくよく見れば紛《まご》う方なき我が顔。

鏡曇りては　我が身こそ　やつれける　我が身やつれては　男退《の》け引く

（この曇り鏡に映った顔は誰？　あら、私だわ。これは曇った鏡だけのせいではなく、年経て我が身がやつれ果てているのだわ。ああ、こんなにやつれてしまったら、男が遠ざかるのも無理ないわ）　　（『梁塵秘抄』）

と嘆くのである。

女にとって加齢は恐怖の対象だ。男の足が遠のき、貢《みつ》いでくれる男がいなくなれば生活に窮《きゅう》し、市街地の家を売って郊外の安い所に移転するしかない。その気の毒な女の一人が歌人の伊勢である。

九世紀末に藤原摂関家《せっかんけ》の時平《ときひら》・仲平《なかひら》兄弟を愛人にしたかと思うと、宇多《うだ》天皇の寵愛《ちょうあい》を受けて皇子《みこ》を産み、次には宇多天皇の皇子敦慶親王《あつよししんのう》との恋にふけって女の子を産んだ。しかし晩年には貧乏になり、家を売る。

「家を売りてよめる」という詞書《ことばがき》で、生活のために家を銭《ぜに》に換える悲哀に、

飛鳥川淵《あすかがわふち》にもあらぬ我が宿も　瀬に変はりゆくものにぞありける

（飛鳥川は流れが変わりやすく、昨日の淵が今日は浅瀬になると聞いているわ。わが家はその飛鳥川ではないのに、銭に変わってしまったのよ）　　伊勢（『古今和歌集』雑下）

と溜息をつく。「瀬《せ》に」に「銭《ぜに》」を掛けている。昨日までは万乗《ばんじょう》の君の寵愛を受け、今日は銭のために我が家を売る。まさに飛鳥川の無常の世か。

家は売れた。伊勢は、今は新しい主《あるじ》の住むかつての我が家を訪れ、主は替わっても変わらず咲く桜の花を見て、

花の色の昔ながらに見ゆめれば　君が宿とも思ほえぬかな

（桜の花は私が住んでいた時と同じに咲いていているわ。それで、今でもこれは私の家で、

貴女《あなた》の家とは思われないの）　伊勢（『伊勢集』）

と詠んだ。きっとむせび泣いたことだろう。

伊勢の家は二条《にじょう》東洞院《ひがしのとういん》にあったので内裏に近く、後の道長の枇杷殿《びわどの》の側《そば》だ。『源氏物語』の光源氏の別邸二条東院もこの辺りを想定しているのか。都の一等地だ。

十一世紀末の平仲子《たいらのちゅうし》も家を売る。家を人手に渡し立ち退《の》く時に、

住み侘びて我さへ軒《のき》の忍草《しのぶくさ》　忍ぶかたがた茂き宿かな

（長く住み侘びるほど住んだので、私自身も古い軒端《のきば》に生える忍草のようになってしまい、

それでも偲《しの》ばれる家であるのよ）　平仲子（『金葉和歌集《きんようわかしゅう》』雑部上）

と、柱に書き付けた。軒の忍草はあばら家の象徴である。仲子は父も母方の祖父も地方官程度の中流貴族に過ぎないが、仲子は歴《れっき》とした後宮内侍司《ないしのつかさ》の職員で、掌侍《ないしのじょう》の身分であり、呼び名は周防内侍《すおうのないし》。掌侍は従五位相当だが、女の貰《もら》う俸給は男の半分と定められていたから、換算すると年俸七百万円くらいか。定年制のない時代だから、年を取っても働ける。

彼女は七十歳まで生きたそうだが、さすがにこの年での勤めは難しかろう。長命であったことも、晩年の生活難の原因か。それで家を売ったのだ。夫のあった形跡はなく、愛人の名の

みが何人か伝わっているが、老女のパトロンになり面倒を看《み》てくれる男はいなかったのだ。

仲子の家は、冷泉小路《れいぜいこうじ》の北、西堀川小路《にしほりかわ》の西というから、二条大路《にじょうおおじ》の北側で、職場のある内裏にも近く、交通至便。宮廷出仕の女の住宅としては最高である。それにもかかわらず売却せねばならぬ時の心はいかばかりか。

住人の喪失《そうしつ》と廃墟《はいきょ》、夕暮れの中に灯《あか》りもなく暗い家を見ると、有為転変《ういてんぺん》、無常、寂しさがひしひしと身に迫る。そのような荒れ果てた家を見てある人は、

荒れにけりあはれ幾世《いくよ》の宿なれや　住みけん人の訪れもせぬ

（荒れ果ててしまったものだ。ああ、いったい幾世代経た家なのだろうか。かつて住んだ人も訪れようともしないなあ）

よみ人知らず（『古今和歌集』雑下）

と、呆然《ぼうぜん》と眺めるのである。『古今和歌六帖』（第二帖「宿」）は、この宿を伊勢の家とする。伊勢の家売却の話は、彼女がかつて宇多天皇の御息所《みやすどころ》でもあったがために、喧伝《けんでん》されたのだろう。このように廃屋《はいおく》は有為転変・無常観を掻《か》き立てるのだが、清少納言は、

女が一人で住んでいる家などは、ひどく荒れ果てていて、土塀なども壊れ、池には水草が生え、庭には草茂り寂しげな様子である所こそ、しみじみとした感じだ。

清少納言（『枕草子』「女の一人住む家などは」段）

などと言い、能天気そのものである。荒廃した邸宅で貧窮《ひんきゅう》の生活をする女は、物語の中

のヒロインだけで結構だ。実際に荒れた家に住む女、仕方なく家を売る女を、清少納言はどう感じたのだろうか。紫式部が「風流にほど遠いことまでも、ああと感動し、素敵《すてき》と思うから、的外《まとはず》れの様になる」と清少納言を非難した（『紫式部日記』）気持ちも分かる。清少納言の父元輔《もとすけ》は沈思黙考《ちんしもっこう》することなく口から出まかせに歌を詠んだそうだが、エッセイと歌とは異なっても、文学に対する姿勢は親子で似るものなのか。

家を売る女たちには共通した点がある。中流貴族以下出身の女房であり、高齢化していることだ。法律婚の現代は、年を取り過ぎたからといって妻を捨てるなど、とんでもない話だが、法的拘束《こうそく》のない当時、捨てられた女は多い。小野小町《おののこまち》をはじめ、平安の女が晩年に落ちぶれみじめな生活をしたという話があるのは、そういうことからだ。

大邸宅を持ってさえいれば男は通って来て貢いでくれる。老後の生活のために家を売って銭にするには、大きな家のほうが、高値がつく。広いマイホームが欲しい！　清少納言は『枕草子』でこういうのである。

大きいほうがよいもの。家。

清少納言（『枕草子』「大きにてよきもの」段）

広い奇麗《きれい》な家を造り、親族はもちろん親しい人や宮仕えしている人を住まわせて置きたいの。

清少納言（『枕草子』「家広く清げにて」段）

この理想的条件に適《かな》う邸宅が、『源氏物語』の光源氏の六条院と別邸二条東院だ。

光源氏の邸宅六条院は二十六億四千万円！

光源氏の豪邸六条院は、南北は五条《ごじょう》通りと六条通りの間、西は麩屋町《ふやちょう》通りから東は寺町《てらまち》通りに至る四町《まち》からなっている。広さは五万七千六百平方メートルという広大な敷地だ。その四町に四季の名を付けた寝殿造《しんでんづく》りの建物を建て、それにふさわしい性格の女を住まわせた。南東の春の町には紫上《むらさきのうえ》というように。

六条院所在地ぴったりの当時の価格資料がないので、比較的近い物件をもとに計算すると、六条院の土地売買価格は、現代の価格で六億四千万円であることが分かる。豪邸寝殿造りの売買価格は、三条坊門《さんじょうぼうもん》小路と東洞院《ひがしのとういん》大路に接する一等地にある豪華な寝殿造りの価格が、一億六千万円という例があるので、四棟で六億四千万円だ。新築ならもっと高価であろうし、御殿以外の付属の建物や造園、諸調度品などの費用を加えると、二十億円程か。六条院は土地購入費で六億四千万円、建築費等、合わせて約二十六億四千万円だ。六条院を新築した時、光源氏は従一位太政大臣《じゅいちいだじょうだいじん》で年俸四億五千万円だから、給与の約六年分に相当する。

新居に入居したからには、入居者の着衣も新《あら》たにしたらどうなるだろう。唐衣《からぎぬ》は百八万円、巻きスカートのような摺裳《すりも》は百二十七万円、それに腰織物（裳《も》の類か）を含めて三点で二百七十万円、十二単《じゅうにひとえ》のように、この下に何枚も重ねると幾らかかるのか計算もできない。それを四季の邸宅にいる六人分用意するのだ。その上、各邸宅には女房がいるからその分まで考えると、溜息の出る額になる。奈良時代の人夫《にんぷ》の日当は六百円程で、平安時代もあまり変わらないだろうが、庶民に比べて貴族階級がいかに豪奢《ごうしゃ》な生活をしていたかが分かる。

当時の価格単位は石《こく》や文《もん》で、円への換算法は複雑なので省略する。拙著『日本人の給与明細』（角川ソフィア文庫、二〇一五年）を参照していただきたい。

さて、伊勢の家は銭に変わったというが、どのくらいの値段で売れたのだろうか。伊勢の家は二条東洞院で先の寝殿造り物件の近くだから、売値が一億六千万円なら買値は三分の一としても五千万円というところか。

多くの売家の中の一軒を買いたいという男が現れた。藤原輔相《すけみ》で、

この家は売るか入りても見てしがな　主《ぬし》もさながら買はんとぞ思ふ

（この家を売るかどうか、入って見たいよ。売るならば持ち主も一緒に買いたいのだが）

藤原輔相（『**藤六集**《とうろくしゅう》』）

と詠んだ。輔相は戯《ざ》れ歌男の藤六だ。当然、戯れ歌的要素がある。「売るか入り」の「売

るか」には鮎《あゆ》の内臓を塩漬《しおづ》けにした「うるか」が、「入り」に「煎《い》り」が掛けてある。「うるか煎り」という食品は知らないが、鮎にうるかを塗りつけて焼く「うるか焼き」の類か。藤六得意の食品を詠み込んだ歌だが、更に戯れ歌になっているのは、下の句の「家の主もそのまま買いたい」だ。売家の主がかつては宮廷で噂《うわさ》の高い美女であることを言わなくても、誰もが理解したはずだ。

退職後の女の落魄《らくはく》

閑院御《かんいんのご》と呼ばれた高級女官も、多分家を売ったのだろう、退職後、山里に移り住んだ。昔の知り合いが訪ねてきて「何時《いつ》からここにお住まいですか」と尋ねたので、

春や来《こ》し秋や行きけんおぼつかな　陰《かげ》の朽木《くちき》と世を過ぐす身は

（春が来たのやら秋が去ったのやらも分からなくて。日の当たらない陰に横たわる朽ちてしまった身で生きていますので）

閑院御（『後撰和歌集《ごせんわかしゅう》』雑二）

と答えた。かつては日の当たる華やかな宮廷生活、今は日の当たらない山里生活。陰陽を明確に示す。

山里に隠棲《いんせい》する身を「男なども侍らずして」とする歌もあるから、男に捨てられたのだ。若い盛りの時には男にチヤホヤされ、老いると捨てられ、男性中心の貴族社会での居場所を失う。王朝貴族女性の定番的ライフスタイルだ。

晩年尼《あま》になる女もいる。女は五つの障害があって成仏《じょうぶつ》できないと言われ、それが老女たちの悩みであった。円融《えんゆう》天皇の中宮《ちゅうぐう》に仕え、歌集も残している小馬命婦《こまのみょうぶ》という女房も尼と

なり、都の郊外の嵯峨野《さがの》で畑を耕し晩年を過ごした。畑に立つ尼姿を見た蔵人《くろうど》源《みなもとの》兼澄《かねずみ》は、

逃《のが》るれど疎《うと》ましくこそ思ほゆれ　こや何人《なにびと》の御園《みその》なるらん

（世を逃れるのはまあいいけれどね、農民生活じゃ疎ましく見えるよねえ。この花園は誰のなんだい）

源兼澄（『源兼澄集』）

と冷やかした。友人たちと花見に来て命婦を見つけ、それを題に盃《さかずき》を傾けながら詠んだという。畑を「御園」と茶化《ちゃか》し、農婦姿を「疎ましく」と皮肉に笑う男の態度。酒の肴《さかな》にされた命婦は、我が身の落魄《らくはく》振りを身に染《し》みて感じたに違いない。

清少納言の晩年の歌も、実に哀《あわ》れを催《もよお》す。山の上に出た月を見て、

月見れば老いぬる身こそ悲しけれ　遂《つい》には山の端《は》に隠れつつ

（満月がやせ細り遂には山の端に隠れるように、私もひっそりとやせ細り衰えて、隠れ住んでいるのよ）

清少納言（『清少納言集』）

と、寂しい歌を詠んだ。宮廷社交界で知的な才女ともてはやされた華麗な生活は今いずこ。かつての満月もだんだんにやせ細り、山の端に隠れる侘び住まい。

そこに人が訪ねて来たのだが、自分でも驚くほど老いてしまった身を、人目に曝《さら》すことを逡巡《しゅんじゅん》して、

訪《と》ふ人にありとは得《え》こそ言ひ出《い》でね　我やは我と驚かれつつ

（訪ねてお出でになった方に、ここに居《お》りますわよとは、とても言い出せないわ。これがまあ私の顔かと思うと）

清少納言（『清少納言集』）

と歌った。

彼女は橘　則光《たちばなののりみつ》と離婚後に再婚したとの説もあるが、老後の身を夫や子に寄せることもなく、父元輔の旧居の隣に住んでいた。雪で垣根も壊れ荒廃した家。それを見た女御《にょうご》彰子《しょうし》に仕えていた友人の赤染衛門《あかぞめえもん》は、昔とあまりの変わりようを、

あともなく雪降る里の荒れたるを　いづれ昔の垣根とか見る

（昔からお住まいの古里は、かつての面影《おもかげ》もなく荒れ果てた家、垣根もボロボロ、雪が降り積もり、どれがかつての垣根なのでしょうか）

赤染衛門（『赤染衛門集』）

と歌って寄越《よこ》した。廃屋で秋は山の端にかかる月に涙し、冬は雪に埋もれた侘び住まいだったのだ。かつて宮廷に仕えていた頃の香爐峰《こうろほう》の雪の機知は、もう昔の夢のまた夢。

子は頼りにならない

子が当てにならないのは、現代と同じ。伊勢大輔《いせのおおすけ》の娘は男と好《い》い仲になり、母親を見捨てたかのように男の所に行きっぱなし。親よりも彼氏だ。母親は悲しみ、

たらちねの親をば捨ててこはいかに　人の子をのみ思ふ我が子ぞ

（親を捨てるとはこれはいかに。他人の子だけを思うとは）　伊勢大輔（『伊勢大輔集』）

とむせび泣いた。「こは」に、「これは」と「子は」を掛ける。「人の子」は男のことだ。当時は通い婚だから、結婚しても娘は母の許に居るはず。それなのに母親を捨てるように男の許に行ってしまった。

菅原孝標の娘が『更級日記』を書いたのは、夫の一周忌を終えた五十三歳頃かと思われる。侘しく悲しい心細い独り住まいに、珍しく訪ねて来てくれたのは甥《おい》だった。彼女は、

月も出《い》でで闇《やみ》に暮れたる姨捨《おばすて》に　何とて今宵《こよい》訪ね来《き》つらん

（おやまあ、どうしたことだえ。珍しいことだねえ。姨捨山に捨てられ、暗い毎日を過ごす老婆を今宵訪ねてくるなんて）　菅原孝標の娘（『更級日記』）

とつぶやいた。生きていても光明《こうみょう》の差さない闇のような人生の晩年。子供はいるのだが、日記の晩年には全く登場しない。まさかこの甥は、孝標の娘の財産目当てではあるまい。

孝標の娘は日記の最後をこう綴《つづ》るのである。

若い時の夢占いによると、天皇様や皇后様にかわいがられるはずだったのに、皆嘘《うそ》だった。独り住みの侘しさ心細さ。誰も相手にしてくれない。ただ涙にくれるばかり。

子供にも見捨てられた孤独な老人生活の哀愁《あいしゅう》が漂《ただよ》う。

八十歳にもなった成尋阿闍梨の母は更に直截《ちょくせつ》的で、子の成尋が宋に渡ると言い出し、「さは、まことに思ひ立ち給《たま》ふことにこそ（それは本当に思い立ちなさったことなのだ）」と「ものも言はれず、あさましう胸ふたがりて（言葉も出ず驚くばかりで胸が詰まってしまう気持ちになって）」、僧の慰めの読経《どきょう》も「悲しきことに、耳にも聞こえず、目も見えぬやうになりはて、泣くよりほかのこともなく」という悲哀であった。

母は阿闍梨の幼児の頃を回想し、書き綴る。「他人に抱かせると泣き、私が抱くと泣き止《や》む。寝かせると泣くので膝《ひざ》の上にのせて障子《しょうじ》に寄りかかって夜を過ごすのであった」。このように夜も寝ず苦労して育てた子なのに、親を見捨てて宋に行ってしまった。

忍べどもこの別れ路《じ》を思ふには　唐紅《からくれない》の涙こそ降れ

（耐え忍んでいるけれど子との別れを思うと、真っ赤な血の涙がこぼれるのよ）

成尋阿闍梨の母（『千載和歌集《せんざいわかしゅう》』離別・『成尋阿闍梨母集』）

と歌い、繰り返し繰り返し「ただ疾《と》く死なむ（早く死にたい）」と書くのであった。老いの繰《く》り言《ごと》と切り捨てるにはあまりにも深刻で、身につまされるではないか。母は子に再会することなく、あの世に旅立った。

紫式部と娘の賢子《けんし》（大弐三位《だいにのさんみ》）との関係がどうであったかは分からないし、紫式部の晩年の様子も不明だ。ただ『紫式部集』の巻末に、賢子は亡くなった母を偲《しの》んで、

眺むれば空に乱るる浮雲を　恋しき人と思はましかば

（空を眺めると、浮雲が乱れているが、あの雲を恋しい母上と思うことができたらどんなにか嬉《うれ》しいことか）

大弐三位（『紫式部集』）

と詠んでいる。他に例を見ない珍しく親孝行な歌だ。

賢子は、関白藤原道兼《みちかね》次男の兼隆《かねたか》と結婚、その後、高階成章《たかしなのなりあき》と再婚するが、成章は収入や余禄《よろく》の多い大宰大弐《だざいのだいに》を務める。賢子自身も誕生した後冷泉《ごれいぜい》天皇の乳母に任ぜられ、後冷泉天皇即位と同時に従三位に昇叙《しょうじょ》する。このような状態から、賢子は財政的に豊かな家庭と推測され、紫式部は娘の許に身を寄せていたとも思われる。

高齢者共同住宅や老人ホームがあった

若き日の華麗な宮廷生活から一転して晩年の零落。女は来世では仏に成れないという仏教の教義は、死後の世界での更なる零落を暗示させ、せめてもの救いの道を求めて出家するエリート尼が大量出現する。これは女房族の晩年の生活拠点が寺院にあったことを意味する。

和泉式部も亡くなった娘の小式部内侍《こしきぶのないし》の菩提《ぼだい》を弔《とむら》い、自《みずか》らの往生《おうじょう》も考え、道長が与えてくれた道長自邸土御門殿《つちみかどどの》東の法成寺《ほうじょうじ》の一隅《いちぐう》にある誠心院《じょうしんいん》という御堂《みどう》で晩年を過ごしている。法成寺には、和泉式部以外にも多数の尼が生活していた。

ある尼君は「もういくばくもない命。このような浄土《じょうど》の近くに住んで、朝夕仏を拝《おが》みたいもの」と、この御堂の傍《かたわ》らに移り住んだのだが、次第に法成寺周辺に尼五、六人が、法成寺阿弥陀堂《あみだどう》での勤めを日課にしながら、共同生活をするようになった。今風に言うならば一つの建物（グループハウス）で、高齢者が共同生活を送るのに似ている。

殊勝《しゅしょう》に思った道長は、日々のなりわいのすべての面倒を看《み》るようになったという。道長は尼集団のパトロンであり、高齢者共同住宅の管理人でもあった。

道長のようなパトロンがいなければ、身寄りのない年老いた女たちは、寺の僧の洗濯をするか、売春をするか、乞食《こじき》になるかだ。十二世紀初めに一人の老女が逮捕された。邪教で人をたぶらかし、財貨詐取《さしゅ》の件による。邪教を信じて、なけなしの財貨を納めたのは好色の女とあるから、邪教の教主と売春経営者を兼ねていたのだろう。教主と信仰者の相互扶助《ふじょ》。これも生き難い女たちの成れの果てといえよう。

この尼たちは、かつては貴族に仕えていた女房の成れの果てなのだ。道長の法成寺近くに住むことから見ると、中宮彰子の女房だったのか。

晩年、血縁に見放された王朝の女たちは、仏に仕えるという「志縁」で生きようとしていた。

個人的に高齢女性の救済を図ったのは、藤原道長以外に、摂政《せっしょう》太政大臣藤原良房《よしふさ》の実弟で、右大臣を務めた藤原良相《よしみ》がいる。自邸の一角に崇親院《すうしんいん》という名の邸宅を建て、藤原氏の「窮女」「居宅なき女」を収容した。東京極大路《ひがしきょうごく》に接し、風雅な河原院《かわらのいん》や鴨川《かもがわ》の側《そば》の一隅で、施薬院《せやくいん》という医療機関の管轄下に置いているので、病院経営の老人ホームといえよう。運営費には付属する田五町からの収入、布五十端《たん》などが充《あ》てられたという。

光源氏が理想的人間像であるのは、愛情を注《そそ》いだ女に対して、高齢化しても見捨てず面倒を看ていたことにもある。彼の邸宅は六条院と別邸二条東院だが、そこに女たちは住む。六条院を建てて十七年経った。光源氏最晩年を描いた『源氏物語』第四十一帖「幻」では、経営者の光源氏は五十二歳。邸宅の管理責任者だった紫上は死亡。二つの邸宅に分かれて住む女は五十代の空蟬《うつせみ》をはじめ、末摘花《すえつむはな》、花散里《はなちるさと》、明石上《あかしのうえ》（明石中宮の母）、秋好《あきこのむ》中宮（六条《ろくじょうの》御息所《みやすどころ》の娘）、玉鬘《たまかずら》（夕顔《ゆうがお》の娘）など、『梁塵秘抄』で揶揄《やゆ》されている「紅葉の下葉」に異ならない四十代の女性たちである。

光源氏は、六条院に昔の愛人や思い慕う女を集めた。だから玉鬘を迎え入れた時は、口さがない古女房たちは、「まあ、またどんな人を探し出してこられたのかしら。やっかいな古物好きですこと」と冷笑する。

光源氏にとって、女が恋やセックスの欲望の相手であるならば、「紅葉の下葉」や「見目《みめ》悪《わる》」の女を大切にする古物趣味などはあり得ない。六条院は光源氏のためのビハーラ（安息所）ではなく、女のためのビハーラと化したのだ。作者が妻妾《さいしょう》同居という、あり得ない邸宅を造った結果として、六条院はこういうことになった。

第六章

病《やまい》と死、このままならぬもの

病《やまい》は物《もの》の怪《け》

病気は種類によっては必ずしも死に直結しないが、死は病気に直結した彼方《かなた》にある。老衰といえども加齢により全臓器・細胞が衰弱した結果だから病《やまい》である。死は病と密接だ。章のタイトルで「病」と「死」を一つにしたのはそのように考えてである。

さて平安人は病の種類をどう考えたのだろう。清少納言《せいしょうなごん》は『枕草子《まくらのそうし》』で、

病は、胸。物《もの》の怪《け》。脚の気《け》。ただ何となく食の進まないもの。

清少納言（『枕草子』「病は」段）

を挙げる。

「胸」の病は、今なら乳ガンか肺ガンかと心配する。肺炎、食道炎、胃ガン、心臓病も含まれるか。『源氏物語《げんじものがたり》』の紫上《むらさきのうえ》が罹《かか》った「胸は時々おこりつつ患《わずら》ひたまふ様《さま》（胸が時々激しい痛みに襲われる様子で）」（『源氏物語』第三十五帖《じょう》「若菜《わかな》下」）の「おこり」「さしこみ」は腹部などが刃物で突き刺されるような痛みだ。胸の病でも恋の病は入らない。

「物の怪」は、病が生霊《いきりょう》・死霊《しりょう》が取り憑《つ》くことによるという考えからくるが、軽度ならス

トレス、重ければ精神病やかなり進行した認知症か。『源氏物語』では、光源氏《ひかるげんじ》正妻 葵上《あおいのうえ》が死亡したのも（『源氏物語』第九帖「葵」）、その没後に妻となった紫上が一時危篤《きとく》状態になったのも、六条御息所《ろくじょうのみやすどころ》の生霊・死霊に取り憑かれたからだという（『源氏物語』第三十五帖「若菜下」）。女房《にょうぼう》生活によるストレスもここに属するだろう。

「脚の気」は脚気《かっけ》。足のしびれやむくみが出る病気で、膝《ひざ》を木槌《きづち》などで叩《たた》いて、脚がピョンと動けば心配なし。動かないと脚気だというので、現代ならビタミンB_1の摂取を推奨《すいしょう》される。山上憶良《やまのうえのおくら》も源 順《みなもとのしたごう》もこの病に苦しんだ。

『源氏物語』で、光源氏の正妻女三宮《おんなさんのみや》と密通したことが光源氏に知られ、参内《さんだい》もしない柏木《かしわぎ》は、光源氏に「春の頃から持病の脚気がひどくなり、しっかりと立ち歩くこともできず」と言う（『源氏物語』第三十五帖「若菜下」）。ビタミンB_1が足りていないというよりは、歩くことの少ない貴族病だろう。

「食の進まないもの」には諸原因があり、何とも診断できないが、真因はストレスだろう。

典薬寮《てんやくりょう》の医師のような記述になったが、この後、清少納言は歯痛に苦しむ女の姿を書いており、実にけしからん内容だと思うので紹介しよう。

十八、九歳ぐらいの女で、髪が大変美しく、長さは背丈ほどあって、裾《すそ》の方がふさふさしている女で、そしてとても太っていて色白で、顔は愛嬌《あいきょう》がある美人が、歯をひどく

病《や》み患って、額《ひたい》髪もじっとりと涙で泣き濡《ぬ》らし、髪の乱れ掛かるのも気づかないほど顔が赤くなって、痛むところを押さえて坐《すわ》っているのこそ、風情がおもしろい。

清少納言（『枕草子』「病は」段）

末尾原文は「押さへいたるこそ、をかしけれ」だが、本人にすれば歯痛の苦しみを知らぬ清少納言を張り倒したいくらいだろう。紫式部が、清少納言は口から出まかせに書き散らすと顔をしかめるのも無理はない。

薬より先立つものは加持祈祷《かじきとう》

己《おのれ》の病の苦悩を見つめて率直に披瀝《ひれき》した人物は、万葉《まんよう》歌人山上憶良をおいては他にいないだろう。漢字千三百字ほどからなる「沈痾自哀文《ちんあじあいのぶん》（病に沈み自《みずか》らを哀《あわ》れむ文）」がそれだ。七十四歳という高齢の上に十数年来の病苦にさいなまれながらも、ふんだんに中国古典を引用したこの傑作。老いを嘆《なげ》きながら、どこからこのエネルギーが湧《わ》きだすのか。創作が命を育《はぐく》んだのか。フィクションを作るための仮病かと言いたくなるほど。

その文中に、

もし名医や妙薬に巡り合うことができたら、内臓を切り開いて、多くの病気を探り出し、膏《こう》や肓《こう》の奥にまで尋ね当て（膏とは横隔膜《おうかくまく》、心臓の下を肓という。これを治そうとしてもできず、針も及ばず、薬も効《き》かない）、病を起こす二児の逃げ隠れているところを発見したい。

山上憶良（『万葉集』巻五「沈痾自哀文」）

と、病原菌である「二児」が心臓と横隔膜の間の、手の施《ほどこ》しようがない空間に逃げ込んでしまうと、医者もお手上げになるという。正確には位置が一致しないが、空間は肝臓《かんぞう》のことで、重篤《じゆうとく》の原因は体内に入り込んだ病原菌である二児のもたらす肝臓ガンということか。病原菌を二児に見立てたる見解は、中国古典に基づく合理的見解にも思えるが、最後は神頼みで、

世に「人が願うと天も応ずる」という。もしこれが真実であるならば、どうか伏して願うことは、速《すみ》やかにこの病気を除き、平常のように、幸せにして欲しい。

山上憶良（『万葉集』巻五「沈痾自哀文」）

と、加持祈禱《かじきとう》に傾くのである。

病気の治癒だけでなく、流行病《はやりやまい》の予防にも加持祈禱は頼りにされた。平安京大内裏《だいだいり》正門の応天門《おうてんもん》の炎上をめぐる政治的陰謀事件である「応天門の変」が起きた貞観《じようがん》年間に、流行病が大発生した。その流行病の名は当時の言葉では咳逆病《しわぶきやみ》、咳嗽《しわぶき》、つまり咳《せき》の出る病気で、悪性の風邪《かぜ》の症状を呈《てい》し、大勢の死者が出たというから、今の言葉ならインフルエンザだ。

貞観四年（八六二）暮れから流行し始め、中・上流貴族に大勢の死亡者が出、宮中行事も中止された。インフルエンザ発生の理由を急性ウイルス性疾患《しつかん》などと考える知識を典薬寮医師が持ち合わせるはずはなく、怨《うら》みを持って死んだり、非業《ひごう》の死を遂《と》げたりした崇道《すどう》天皇（早良親王《さわらしんのう》）、橘逸勢《たちばなのはやなり》などの御霊《ごりよう》・怨霊《おんりよう》に結び付けられた。そこで行われたのが鎮魂《ちんこん》の加持祈禱や、御霊を慰《なぐさ》めるための芸能上演の御霊会《ごりようえ》である。これが祇園祭《ぎおんまつり》の遠祖だ。

病原菌が御霊・怨霊・死霊・生霊の類《たぐい》ならば、それが取り憑かぬように加持祈禱をすればよい。インフルエンザの予防注射の如《ごと》く。

これら死霊・生霊などの「病原菌」は体が弱っている時に取り憑かれやすい。お産もそうだ。『紫式部日記』は中宮彰子《ちゅうぐうしょうし》のお産の様子から始まる。中宮は「例よりも悩《なや》ましき御気色《けしき》（いつもより悩んでいるご様子で）」「日ひと日、いと心もとなげに起き臥《ふ》し暮らさせ給《たま》ひつ（一日中、非常に不安定な、落ち着いた様子もなく起きたり寝たりしてお過ごしなさって）」という弱々しさだった。

そこで予防の目的で、大勢の伴僧《ばんそう》を引き連れた観音院《かんのんいん》の僧正《そうじょう》、法住寺《ほうじゅうじ》の座主《ざす》、浄土寺《じょうどじ》の僧都《そうず》などが集められる。それでも心配なのか、山々寺々の験者《げんじゃ》、更には卜占《ぼくせん》や呪術《じゅじゅつ》を司《つかさど》る陰陽寮《おんみょうりょう》の陰陽師《おんみょうじ》までも呼ばれ祈禱する。彼らは声が嗄《か》れるほど大声で経文《きょうもん》を唱え、祝詞《のりと》を上げる。やはり中宮には物の怪が付いていたが、加持祈禱という注射が効いたのか、物の怪はお付きの女房に転移し、無事男皇子を出産した。

中宮彰子が衰弱していても、薬を飲ませた記述も、典薬頭《てんやくのかみ》が訪れた記載もない。正倉院《しょうそういん》には薬が残り、当時も訶梨勒《かりろく》や枸杞《くこ》などの生薬《しょうやく》があったが、それを用いた形跡はない。

『源氏物語』第九帖「葵」では、光源氏正妻葵上の妊娠中から出産まで、度々《たびたび》数を尽くして加持祈禱が行われている。お産が無事に済むと、比叡山《ひえいざん》の座主や尊い僧侶たちは満足しきった顔で汗を押しぬぐって退出した。しかし数か月後、秋の除目《じもく》の夜、例の物の怪による発作が起こったが、人々が宮廷に出ていて留守中で、夜半のことであり、比叡山の座主や僧都などを招こうにも間に合わず、葵上は急逝《きゅうせい》した。医師や薬に先立つものは高僧による加持祈禱であったのだ。

病は縁の切れ目

病気になり、愛する女に冷たくあしらわれた男もいる。重病に罹った源信明《さねあきら》は、幸い回復したが、愛人の閑院大君《かんいんのおおいぎみ》はお願いしても逢《あ》ってくれなかった。信明は大君に「何とかしてお逢いしたい」との思いで、

からくして惜《お》しみ止めたる命もて　逢ふことをさへ止《や》まんとやする

（やっとのことで惜しみ止めたこの命に対して、貴女《あなた》は逢うことまでも止めようとするのか）

源信明（『信明集』）

と言い遣《や》ると、大君は、いかにも信明の薄情を責め、自己を正当化するかのように、

諸共《もろとも》にいざとは言はで死出《しで》の山　いかでか一人越えんとはせし

（一緒に死のうとおっしゃらないで、なぜ一人で死出の山を越えようとなさったのですか）

閑院大君（『後撰和歌集《ごせんわかしゅう》』雑三・『信明集』）

と、相手をとがめるような歌を送って来た。それでも信明は逢いたくて、病後にもかかわらず、無理をしてであろうか大君を訪ねたが、女は逢わなかった。

信明は帰宅して、

暁《あかつき》に鳴く木綿付《ゆうつけ》の我が声に　劣らぬ音《ね》をぞ泣きて帰りし

源信明（『信明集』）

（暁に鳴く鶏の声に劣らない泣き声を上げて帰りました）

と詠《よ》み送った。「木綿付鳥」は鶏のこと。それに対し、

暁の寝覚めの耳に聞きしかば　鳥より外《ほか》の声はせざりき

閑院大君（『信明集』）

（夜明けの寝覚めの耳に聞こえたのは鳥の鳴き声ばかりで、ほかの声は聞こえませんでした。もちろん貴方《あなた》の泣き声も）

と冷たく返した。大君は信明との縁を切りたかったのだろう。女にとっても男は欲情の対象、その男が病に倒れれば関係はおしまい。さっさと他の男に乗り換えたのだ。

信明は陸奥守《みちのくのかみ》として赴任、籬《まがき》の島《しま》の歌を詠み、藤原兼通《かねみち》に宛《あ》てて、早く帰京したいという思いを「君が知らぬか知りて知らぬか」と詠んだ男だ。陸奥赴任とこのエピソードとの前後関係は分からない。信明は六十歳で没している。なお『大和物語《やまとものがたり》』百十九段には、藤原真興《さねき》の話として掲載されている。

信明は本当に重病だったのだろうが、恋の駆け引き、手練手管《てれんてくだ》が日常であった貴族社会を見ると、手を切りたい、逢いたくない口実に病が使われていたような気もする。次に挙げる大江朝綱《おおえのあさつな》の話も疑いたくなるのは、貴族社会の恋に毒された私の性《さが》か。

朝綱が愛している女に文《ふみ》を遣《つか》わすと、「心地悪《ここちあ》し」と使《つかい》が答えてきて、女は返事も寄越《よこ》さなかった。そこで朝綱は、

あしひきの病はすとも文通ふ　跡をも見ぬは苦しきものを

大江朝綱（『後撰和歌集』恋二）

（病気はしても文ぐらいは通わすことができるでしょう。貴女の文字を見ないのは苦しいものです）

と送ったのだが、もちろん、女の返歌はない。「跡」は鳥の足跡で文字のことである。「あしひきの病」は脚気だ。病気の女は朝綱と手を切りたかったのか。それとも朝綱が名書家なので、病中に文字を書くのを恥じたのか。

信明も朝綱も女に袖《そで》にされているが、この男もそうだ。病で女に通うことができず、久しくして病が回復したので、永《なが》のご無沙汰《ぶさた》のお詫《わ》びからと、

今迄《いままで》も消えでありつる露《つゆ》の身は　置くべき宿のあればなりけり

よみ人知らず（『後撰和歌集』恋五）

（今まで露のようにはかない身が死ななかったのも、貴女という我が身を置く所があったからです）

と送った。ところが女は、

言《こと》の葉も皆霜枯《しもが》れになりゆくは　露の宿りもあらじとぞ思ふ

（文が離《か》れ離《が》れになってしまったのは、私の所など少しも宿ではないと思っているからで

しょう）

よみ人知らず（『後撰和歌集』恋五）

と、病気など考慮することなく、ぴしゃりと抑え込むのである。

逆に、病中の愛人兵衛《ひょうえ》を見舞いもしないで、治ってから訪ね、女から皮肉られた男もいる。兵衛曰《いわ》く、

死出の山麓《やまふもと》を見てぞ帰りにし　つらき人よりまづ越えじとて

（私は死出の山の麓を見ただけで越えずに帰って来たわ。つれない人より先には絶対に越えまいと決心して）　兵衛（『古今和歌集《こきんわかしゅう》』恋五）

死出の山を越えるとは死ぬことだ。この二人の間はその後どうなっただろう。

インフルエンザだろうか。世間が騒然《そうぜん》としていた頃、伊勢大輔《いせのおおすけ》の愛する男が久しい間訪ねて来なかった。伊勢大輔は、

亡き数に思ひなしてや訪《と》はざらん　まだ有明《ありあけ》の月待つものを

（私が死んだと思って訪ねていらっしゃらないのでしょう。まだこの世にあって訪れを待っていますの）　伊勢大輔（『伊勢大輔集』）

と送った。「月」に譬《たと》えられた男は満更でもあるまい。「有明の月」は夜が明けても空に残っている月だから、まだ望みは残っているということを匂《にお》わせているのか。

紫式部《むらさきしきぶ》の娘大弐三位《だいにのさんみ》も皮肉屋だ。親しくしていた男が、「貴女にもしものことがあれば、

私は生き長らえることは決してしません」と言うと、大弐三位は、

人の世の再び死ぬるものならば　思ひけりやと試みてまし

（命が一度死に、生き返って再び死ぬというのであれば、貴方の誓いの言葉が本当に私のことを思っていらっしゃるかどうか、試みることができるのですが）

大弐三位（『藤三位集《とうのさんみしゅう》』）

と皮肉ったのである。

最後に、熱中症に苦しんでいるのに慰《なぐさ》めにも来ないし、文も寄越さない女への曽禰好忠《そねのよしただ》のぼやきを挙げよう。

夏衣《なつごろもうす》薄《うす》くや人の思ふらん　我はあつれて過ぐすべき日を

（夏の衣が薄いようにあの女は薄情なのだ。私が熱中症で苦しんでいるのに訪ねてもこないし文も寄越さないのは）

曽禰好忠（『曽禰好忠集』）

「あつれ」は暑さに苦しむ、暑さ負けすることで、それに恋の思いの熱さに苦しむ様を掛けてある。

病は縁の切れ目で、病によって恋という男の生きがいの一部分は雲散霧消《うんさんむしょう》してしまうのだ。

秋の露の消ゆるが如く

「死」というこのおぞましい暗黒のようなシーンを、紫式部は実に美しく描く。『源氏物語』のヒロイン紫上は、食べ物は一切受け付けず、起き上がることもできない重篤《じゅうとく》に陥《おちい》った。光源氏は財を尽くして例の如く「御祈禱《おんいのり》ども数知らず始めさせ給ふ。僧召して、御加持などせさせ給ふ（限りなく多くの病回復の祈禱をお始めになった。僧侶をお呼びになり加持などをさせる）」のであった（『源氏物語』第三十五帖「若菜下」）。

それから四年、回復の兆《きざ》しは見えず紫上の死期が近づいた。光源氏や養女の明石中宮《あかしのちゅうぐう》と交わした歌が、紫上の最後の歌となった。紫上は、

おくと見る程ぞはかなきともすれば　風に乱るる萩《はぎ》の上露《うわつゆ》

（私がこうして起きていると御覧《ごらん》になっても、それは束《つか》の間のこと。萩の葉に露が置いたと思う間もなく、ややもするとあっけなく風に乱れ散るように、私もやがて消え果てるでしょう）

紫上（『源氏物語』第四十帖「御法《みのり》」）

と、悲しい気持ちで詠んだ。「おく」は「起く」と「置く」を掛ける。中宮が手を取ると

消えゆく露のようだった。この寂しく涙を誘う歌を、夫の光源氏は息の止まる思いで聞いたに違いない。病む人の口から、死をほのめかす言葉を聞くことほど辛いことはない。病人は第一の患者で、家族は第二の患者だ。

まことに消えゆく露の心地《ここち》して、限りに見え給へば、御誦経《みずきょう》の使ども数も知らずたち騒ぎたり。先々も、かくて生き出で給ふ折りにならひ給ひて、御物の怪と疑ひ給ひて、夜一夜《よひとよ》様々の事をし尽くさせ給へど、かひもなく、明け果つるほどに、消え果て給ひぬ。

（本当に消えゆく露そのままの御様子で、もはや御臨終《ごりんじゅう》と見受けられるので、読経《どきょう》の使者も大勢立ち騒ぐのであった。前にも幾度《いくど》かこのような状態になられてから息を吹き返されたことがあったので、またその時のようにこの度も物の怪の仕業《しわざ》かと疑いなされ、一晩中様々の修法《ずほう》の限りを尽くされたが、そのかいもなく夜の明け果てる頃に息絶えてしまわれた）

（『源氏物語』第四十帖「御法」）

紫上は消え果てた。季節は夏や冬ではもちろんなく、桜爛漫《さくららんまん》の春でもない。作者は秋を選んだ。古今歌人壬生忠岑《みぶのただみね》は、

時しもあれ秋やは人の別るべき　あるを見るだに恋しきものを

（季節もあろうに、ただでさえ物悲しいこの秋に、人が死に別れていいものだろうか。そ

うではあるまい。生きて元気でいる人を見ても恋しくなるような心細い時に

壬生忠岑（『古今和歌集』哀傷《あいしょう》）

と、逆説的に秋の死別を悲しんだが、その「人の別るべき」ではない最も悲哀感のにじむ秋に紫上は消えた、露が消えるように。享年《きょうねん》四十三。まだ美貌《びぼう》の消え失《う》せぬ年齢だが、作者は老醜《ろうしゅう》を曝《さら》すことを避けたのだ。

今日的に言うなら老衰だが、そのような野暮《やぼ》な言葉を作者は使わない。「消え果て給ひぬ」と書く。『源氏物語』には多くの死が描かれているが、秋の花の上の露のように「消え果つ」と美化されて書かれているのは、紫上だけだ。物寂しい秋の中に溶け込むように、物語のヒロインは消えていった。

光源氏の最初の正妻葵上の死も秋であった（『源氏物語』第九帖「葵」）。宮中で秋の人事が行われている夜、いつものように六条御息所の生霊が憑依《ひょうい》し、「絶え入り給ひぬ」であり、邸宅内は慌《あわ》てふためきざわつき、秋のしっとりとした雰囲気はどこにもない。辞世の歌もない。横たわった体は「やうやう変はり給ふことどものあれば（だんだん死相が現れてくるので）」と目をそむけたくなるような、死相の現れた様さえ描いている。

『源氏物語』を愛し、主要な写本系の「青表紙本《あおびょうし》」を書いた藤原定家《ていか》の母が亡くなったのも秋だ。定家は秋風の吹く日に母の住んでいた家に行き、

たまゆらの露も涙もとどまらず　亡き人恋《こ》ふる宿の秋風

藤原定家（『新古今和歌集』哀傷歌）

（しばしの間にも草葉に置く露も私の涙も止まらない。亡くなった人の家に吹き付ける野《の》分《わき》の風によって）

とむせび泣いた。「野分」は野の草を分けて吹く強風のこと。「たまゆらの」は「しばしの」の意。「とどまらず」は「露も涙も止まらず」と、この世に「留《とど》まらない」亡き人を掛ける。

母と同居していた定家の父俊成《しゅんぜい》は、

秋になり風の涼しく変はるにも　涙の露ぞしのに散りける

（秋になって風が涼しくなるにつけても、涙の露がしっとりと宿の草葉に散っているなあ）

藤原俊成（『拾遺愚草《しゅういぐそう》』巻下「無常」）

と返歌した。

野分の吹いた後に子が親を訪ねるシーンは、『源氏物語』第二十八帖「野分」で、父の光源氏がいる六条院《ろくじょういん》を、子の近衛中将夕霧《このえのちゅうじょうゆうぎり》が訪問する場面を想起させる。「（まばらな小萩は）折れ返り、露もとまるまじく吹き散らすを（まばらに生えている小萩の枝はあちこちにしなって少しの露も残らぬほどに吹き散らしているのを）」（『源氏物語』第二十八帖「野分」）などを追憶《ついおく》しながら、定家は詠んだのだろうか。

宇多《うだ》天皇の勅命《ちょくめい》により家集『句題和歌《くだいわか》』（『大江千里集《おおえのちさとしゅう》』）を撰集・献上した正五位下の大江千里が亡くなったのも秋だった。病も重く余命いくばくもないと心細くなり、友人に、

もみぢ葉を風に任《まか》せて見るよりも　はかなきものは命なりけり

（紅葉《もみじ》の葉を風にまかせて散らすよりも、もっとはかないものは、命なのだなあ）

大江千里（『古今和歌集』哀傷）

と送った。野分は草葉の露を吹き散らし、秋風は紅葉を吹き散らす。それらより更にはかなく吹き散らされるのは命。これは辞世の歌だ。涙ながらにこの歌を書いたのだろう。当然のことながら『句題和歌』（『大江千里集』）にはない。

紫上の死をしっとりと描いた作者自身の死が、秋であったのかどうかは分からない。墓は昔から京都市北区《きたく》紫野《むらさきの》にある雲林院《うりんいん》白毫院《びゃくごういん》南と伝えられている。「紫野」の名は作者やヒロインにふさわしく、雲林院は光源氏が継母藤壺宮《ふじつぼのみや》との恋の悩みから参籠《さんろう》したとされる寺である。

妻や子に先立たれる者の悲しみは

妻を喪《うしな》った中納言《ちゅうなごん》藤原兼輔《かねすけ》は、妻が健在の時に壁に書いた歌を見て、

寝ぬ夢に昔の壁を見つるより　現《うつつ》に物ぞ悲しかりける

（妻のことを思い眠ることのできない夢に、かつて妻が歌を書いた壁が現れ、目覚めて現実に悲しむのだった）　藤原兼輔（『後撰和歌集』哀傷・『中納言兼輔集』）

とつぶやくのだった。妻が文字を書いた壁を見たのは夢か現か。呆然《ぼうぜん》としている兼輔だが、妻を喪ったショックは大きかった。彼は妻を愛していたのだ。

その年の大晦日《おおみそか》に訪ねて来た紀貫之《きのつらゆき》と妻の思い出話をし、兼輔は、

亡き人の共にし帰る年ならば　暮れ行く今日は嬉しからまし

（年が改まり返って新年がくるように、改まり返る年と共に妻が帰って来るならば、年の暮れの今日はどんなにか嬉しいだろうか）　藤原兼輔（『後撰和歌集』哀傷・『堤《つつみ》中納言集』）

と、「妻恋し」と嘆き訴えると、貫之は、

恋ふる間《ま》に年の暮れなば亡き人の　別れやいとど遠くなりなん

（奥様のことを恋い慕《した》っている間に、年が暮れ新たな年を迎えれば、奥様との別れの寂しい記憶も遠ざかるでしょう）

紀貫之（『後撰和歌集』哀傷・『貫之集』）

と慰めの歌を返したのだが、兼輔はうなずいただろうか。「そんな通り一遍の悲しみではないぞ」とつぶやく声が聞こえてくるような。

兼輔がある人の家に泊まると、庭に沢山の忘れ草（萱草《かんぞう》）が生えていた。この草を身に着けると、憂《うれ》いを忘れることができると万葉の時代から言い伝えられている。兼輔は宿の主《あるじ》に、

亡き人を忘れかねては忘れ草　多かる宿にやどりをぞする

（亡き妻を忘れかねて、憂いを忘れるという忘れ草の沢山生えている宿に泊まるのです）

藤原兼輔（『新古今和歌集』哀傷歌・『中納言兼輔集』）

と遣わした。宿の主は、

片時も見て慰めよ昔より　憂へ忘るる草と言ふなり

（少しの時間でも忘れ草を見て心を慰めなさい。昔から憂いを忘れる草と言われていますので）

あるじ（『中納言兼輔集』）

と、細やかな配慮をするのであった。宿の主人は、多くの忘れ草に囲まれて、憂いを全く忘れてしまうような楽天家なのだろう。兼輔が追憶《ついおく》の涙を流している妻は、右大臣藤原定方《さだかた》の娘だろうか。王朝歌人でこれほど妻を愛し、多くの哀傷歌を捧《ささ》げた人は兼輔以外にはいな

いだろう。愛妻家兼輔は紫式部の父方の曽祖父である。
地方官として赴任する時、家族同伴は許されているが、何かの事情で妻を都に残しての単身赴任もある。ある男は単身赴任したが、妻がにわかに病気になり、夫を気遣う遺言歌《ゆいごんか》を詠み残して亡くなった。

声をだに聞かで別るる魂《たま》よりも　なき床《とこ》に寝む君ぞ悲しき

（貴方のお声を聞かないで死に別れる私の魂よりも、お帰りになって私のいない床に独り寂しく寝る貴方がおいたわしくて）

よみ人知らず（『古今和歌集』哀傷）

と、自分の死よりも後に残る夫を気遣う。これほど優しい細やかな夫婦愛が他にあるだろうか。帰京した夫はこの歌を見て、妻の心遣いに言葉もなく滂沱《ぼうだ》と涙を流し、「こんなことになるならば、無理をしてでも連れて下るのだった」と思ったに違いない。妻は亡くなっているので「返歌」というわけにはいかないが、「偲《しの》ぶ歌」があったならばと思う。『源氏物語』で正妻葵上を亡くした光源氏の、

君なくて塵《ちり》積もりぬる常夏《とこなつ》の　露打ち払ひ幾夜《いくよ》寝ぬらん

（貴女がいなくて塵の積もった床に、私は涙の露を払って幾夜寂しく寝ることだろうか）

光源氏（『源氏物語』第九帖「葵」）

のような。

死出の旅路へ

関白藤原道隆を祖とする一門で、皇后定子《ていし》を出した中関白家《なかのかんぱくけ》は、道隆没後に子の伊周《これちか》・隆家《たかいえ》兄弟の従者による花山《かざん》法皇襲撃事件などもあり、一門は急速に勢力を失う。没落状態の中で定子は亡くなった。臨終に及び、夫の一条《いちじょう》天皇に、

知る人もなき別れ路《じ》に今はとて　心細くも急ぎ立つかな

（知人もいない死出の旅路に、今はこれまでと別れを告げ心細くも急ぎ出《い》で立つことよ）

皇后定子（『後拾遺和歌集《ごしゅういわかしゅう》』哀傷・『栄花物語《えいがものがたり》』巻七）

と書き残し、御几帳《みきちょう》の紐《ひも》に結び付けて置いたという。漢詩文に通じた定子が、奈良時代末にできた初の漢詩集『懐風藻《かいふうそう》』にある、自刃《じじん》させられた悲劇の大津皇子《おおつのみこ》の「臨終」の詩、

金烏《きんう》は西の舎《や》に臨《て》り　鼓《つづみ》の声《ね》は短き命を催《うなが》す　泉路《よみぢ》に賓主《ひんしゅ》無く　この夕べ　誰《た》が家にか向かふ

（太陽は西に傾いて西の方の家を照らし、時刻を告げる夕べの鼓の音は、短い命を更に短く実感させる。黄泉路《よみじ》には客も主人もなく、この夕、ただ一人私は誰の家に向かうのか）

大津皇子（『懐風藻』「臨終」）

に基づいて詠んだことは確実である。

遺言により亡骸《なきがら》は火葬ではなく土葬にされ、草葉の露となった。中関白家の没落を象徴する様ではないか。定子を囲む華麗な『枕草子』の世界を思うと感無量だ。

清少納言はこの頃も出仕を続け、『枕草子』にはこの年代のことも書かれているが、主家の斜陽も、定子の没についても記すことはない。忘れたわけではなく、知っていて封じ込めているようで、その方がはるかに苦しい。苦悩に満ちた清少納言の胸の内を察すると、目立ちたがり屋の派手な女だが、同情を禁じ得ない。定子が皇后になり、間もなく死亡した長《ちょう》保《ほ》二年（一〇〇〇）に、年代の分かる『枕草子』の記事は終わる。定子の没を契機に清少納言は宮仕えを辞去したのか。

また、右大臣藤原実頼《さねより》の子の右近衛少将《うこんえのしょうしょう》正五位下《しょうごいのげ》敦敏《あつとし》は三十歳で亡くなった。かつての乳母は陸奥守の妻となって下向《げこう》していたために、敦敏の死を知らず、乳母子敦敏に陸奥の名馬を贈って来た。父実頼は、

まだ知らぬ人もありけり東路《あずまじ》に　我も行きてぞ住むべかりける

（亡き我が子に馬を献上してくる人のあるところを見ると、敦敏の死をまだ知らない人もいる東国に、私も行って住みたいよなあ）

藤原実頼（『後撰和歌集』哀傷）

とむせび泣くのであった。実頼はその馬を息子の身代わりとして、かわいがったであろう。息子が死んでいない仮想現実の世界に行って息子と共に生きたい。子に先立たれた親の悲哀がにじみ出ているではないか。

清少納言と武骨者の夫である橘則光《のりみつ》の間に生まれた橘則長《のりなが》は、越中守《えっちゅうのかみ》として赴任し、翌年任地で没した。享年五十三だった。慣れない北陸の風土と生活に体を冒《おか》されたのだろう。父則光は、同じく子を喪った友人に、

語らばやこの世の夢のはかなさを　君ばかりこそ思ひ合はせめ

（此《こ》の世は夢、そのはかなさを貴方と語り合いたい。貴方だけがこの悲しみを理解できるだろうから）

橘則光（『続詞花和歌集《しょくしかわかしゅう》』哀傷）

と送るのであった。

弟の季通《すえみち》も兄の死を悲しみ、女房相模《さがみ》に、

思ひ出《い》づや思ひ出づるに悲しきは　別れながらの別れなりけり

（思い出していただけるだろうか。思い出してみると悲しいことは、越中赴任の別れをし、更に死の別れをしたことです）

橘季通（『後拾遺和歌集』哀傷）

とダブル離別の悲しみを訴えたのである。

地方赴任は家族同伴が許されているので、父の後を追って赴任先に行き、没した子もい

る。紫式部の弟惟規《のぶのり》がそうだ。惟規は父為時《ためとき》から『史記《しき》』を習った時に、なかなか理解せず、紫式部の方が出来は良かったというエピソードで知能偏差値を落とした男だが、女への偏差値は高かった。惟規が夜な夜な通い、警護の者に見とがめられた斎院中将《さいいんのちゅうじょう》、文章生《もんじょうしょう》として先輩の藤原貞仲《さだなか》の娘、そして父の赴任先の越後《えちご》に同伴した女などが惟規の恋人として数えられる。

惟規が越後へ女を伴い、日本海を舟で行ったことは、「越《こし》の方に罷《まか》りし時、諸共《もろとも》なりし女（越後に下った時に同伴した女）」の歌として、

荒れ海も風間《かざま》も待たず船出して　君さへ浪《なみ》に濡《ぬ》れもこそすれ

（荒れた海を風の止む間も待たないで船出して、貴方は波で濡れてぐっしょり）

女（『藤原惟規集』）

と詠んだ女の歌で分かる。斎院中将は都にいるのでこの女は別人で、二人の道行《みちゆき》が始まる。

敦賀《つるが》からは舟で、海女《あま》の乗る舟が波間に見える。惟規は、

浮き沈み波にやつるる海女舟の　安げもなきは我が身なりけり

（波間に浮いたり沈んだり、不安定な海女舟の様は、我が身と同じだ）

藤原惟規（『藤原惟規集』）

と溜息《ためいき》をつく。従五位下式部丞《しきぶのじょう》の職を投げ出しての、女との道行。確かに浮沈し、安定のない生き方だ。こうして波を被《かぶ》り寒気をもよおして急性肺炎か、冷えて腸炎でも起こしたのか。男は危篤《きとく》の状態で父親の許《もと》にたどり着き、道行の幕は閉じる。

父はせめて極楽に行けるようにと、僧を招き説教を依頼したが、ドライな息子は臨終だというのに説教を聞かばこそ、「あの世には美しく散る紅葉や尾花《おばな》の陰で鳴く鈴虫《すずむし》もおりましょうか」と、説教を聞き念仏を唱えるどころか、死の床にあっても花よ虫よと夢見ていたのだ。

惟規は苦しい息の下で、かすかに手を動かし、物を書く真似《まね》をした。父為時が墨《すみ》をつけた筆と紙を与えると、「都にも恋しき人の数多《あまた》あれば　なほこの度《たび》は生《い》かむとぞおも」とまで書いて、筆をバッタリと落とし息絶えた。父親は最後の一字を書き加えたのであった。

都にも恋しき人の数多あれば　なほこの度は生かむとぞおもふ

（都には多くの恋しい人がいるので、何としても今度は生きたいと思うのだ）

藤原惟規（『後拾遺和歌集』恋三・『今昔物語集《こんじやくものがたりしゆう》』巻第三十一）

我が子のこの形見を見て父は泣き、泣いては見、涙に濡れきった紙は破れ失せたという。

惟規は命を投げ出して父に逢いに行き、親より先に死出の旅に出るという結果になったが、辞世の歌では、離れている都の女を恋しいと歌っているので、「恋死に」の類か。

なお、このエピソードは『後拾遺和歌集』では極めて簡略に「父の許に、越の国に侍《はべ》りける時」とあるだけなので『今昔物語集』より採った。『今昔物語集』では「越中守為善《ためよし》」の話になっているのは、仏教と関係のある越中立山《たてやま》の見える所で惟規の死を考えた『今昔物語集』作者の作為であろう。

『源氏物語』の柏木衛門督《かしわぎえもんのかみ》も辞世の歌を詠み恋死にしている。光源氏の正妻女三宮と密通事件を起こした柏木は、そのことを光源氏に知られてノイローゼから衰弱し、死を悟った。柏木は辞世の歌を書いて、女三宮に送った。

今はとて燃えむ煙も結ぼほれ　絶えぬ思ひのなほや残らん

（今は最後と私を葬《ほうむ》る煙は燃えくすぶり、貴女をあきらめきれない思ひの火はこの世に残るでしょう）

柏木衛門督（『源氏物語』第三十六帖「柏木」）

「思ひ」に「火」を掛ける。恋焦《こ》がれる思いがこの世に留まっているというのだから、やや怖《こわ》そうだが、作者は柏木の死を「泡《あわ》の消え入るようにて亡《う》せたまひぬ（泡が消え失せるように、お亡くなりになった）」と、はかない恋であったと書いている。

男は女のために死ぬ。このような生き方をすべての人が賛成したわけではない。柏木の父で引退した太政大臣は、息子の死んだ理由を知らないが、親友の大納言《だいなごん》夕霧は、女三宮との関係であることを薄々と感じ、どんなに辛い思いであっても、そんなあるまじき恋に心を取り乱して、命に代えてしまうということがあろうか。（中略）そうなるべき前世からの宿縁《しゆくえん》とは言いながら、軽率なふがいないことではないか。

夕霧（『源氏物語』第三十六帖「柏木」）

と批判的な言葉を漏らすのであった。さすが、妻以外の女に心を寄せ、物的証拠を掴《つか》まれまいとあたふたし、「もう懲《こ》り懲《ご》り」と反省した主人公（『源氏物語』第三十九帖「夕霧」）だけある。

将来見込みのある子を喪った柏木の父は、春の夕暮れの空が濃い灰色に霞《かす》むのを仰《あお》ぎ見て、

木《こ》の下の雫《しずく》に濡《ぬ》れて逆様《さかさま》に　霞《かすみ》の衣《ころも》着たる春かな

（子に先立たれた悲しみの涙に濡れて、逆様に親の方が喪服を着る春であるよ）

致仕《ちし》の大臣（『源氏物語』第三十六帖「柏木」）

と悲しむのであった。「木」に「子」を掛ける。「霞の衣」は濃い灰色の衣で喪服。子が親の死で喪服を着るのは順当だが、親が子のために喪服を着る、それが「逆様」だ。子が親を弔《とむら》うのは自然だが、藤原実頼や藤原為時、柏木の父のように親が子を弔う「逆様」ほど悲しいことはない。

和泉式部《いずみしきぶ》の子の小式部内侍《こしきぶのないし》は、母と一緒に中宮彰子に出仕し、出産の患《わずら》いから子を残して

二十代で亡くなった。母和泉式部は、

留《とど》め置きて誰をあはれと思ふらん　子はまさるらん子はまさりけり

（貴女は母と子をこの世に残し亡くなったが、母と子とのどちらを不憫《ふびん》に思っているのですか。子の方でしょう。そう、私も親よりも子である貴女への愛情が深かったのですよ）

和泉式部（『後拾遺和歌集』哀傷・『和泉式部集』）

と、親よりも子への愛情が勝《まさ》ると説く。

和泉式部と同じ頃、紫式部も中宮彰子の許に出仕していた。紫式部が和泉式部を評して、本格的歌人ではないと言いながらも歌は見事で、「口にまかせたることどもに、必ずをかしき一節《ひとふし》の目にとまる詠み添へ侍《はべ》り（口を突いて出る歌の言葉の中に、必ず目にとまる趣《おもむき》のある一言が添えられている詠み振《ぶ》りです）」（『紫式部日記』）というのは、この歌のような詠み振りだろう。「子はまさるらん子はまさりけり」は胸にグッとくる表現だ。

ただ、小式部内侍が没したのは、紫式部に関する消息が絶えてから五、六年後なので、紫式部が和泉式部の「子はまさるらん子はまさりけり」の歌を知っていたかどうかは分からない。

清少納言が宮仕えを辞した後に、紫式部は出仕しているので、『紫式部日記』や『紫式部集』にある記事は出仕した寛弘《かんこう》二年（一〇〇五）以後の事柄である。その中に、紫式部の親友で階級が上の上臈《じょうろう》女房の小少将君《こしょうしょうのきみ》が亡くなり、遺物《いぶつ》の中にあった手紙を見つけた紫式部が女房の加賀少納言《かがのしょうなごん》と歌の贈答をする話がある。紫式部は、

暮れぬ間の身をば思はで人の世の　哀れを知るぞかつは悲しき

（我が身だって、今日の日の暮れない間だけの、はかない命であるかもしれないことを考えないで、小少将様の一生のはかなさを思い知るということは悲しいことですね）

紫式部（『新古今和歌集』哀傷歌・『紫式部集』）

と詠み、それでも人生のはかなさを十分に表現していないと思ったのか、もう一首、

誰《たれ》か世にながらへて見ん書きとめし　跡は消えせぬ形見なれども

（このはかない世に生きながらえて、誰があの方の手紙を読むでしょうか。書き残された筆跡は、いつまでも消えない形見であっても）

紫式部（『新古今和歌集』哀傷歌・『紫式部集』）

と送った。加賀少納言からは、

亡き人を偲ぶることもいつまでぞ　今日の哀れは明日の我が身を

（亡き人を思い慕うことはいつまで続くでしょうか。今日の小少将様の身のはかなさは、明日は我が身のことになる世、思い慕う人だってはかない身ですから）

加賀少納言（『新古今和歌集』哀傷歌・『紫式部集』）

と返して来た。

歌の数や配列に差異のある『紫式部集』諸伝本の中で、最も信用のできるのは、藤原定家書写の明らかな本の系統とされている。この亡き人を偲ぶ三首は、多くの伝本では歌集の中ほどにあるが、定家系統本のみ巻尾に置いて百二十六首の歌集を閉じる。紫式部は生きることの無常・憂愁《ゆうしゅう》を我がものとして生涯を終えたのだと、『新古今和歌集』撰者で『源氏物語』を愛した王朝随一の歌人定家も考え、編集したのだろう。

おわりに

紫式部《むらさきしきぶ》を憂鬱症《ゆううつしょう》で引き籠《こも》り性のように仕立ててしまったのではないだろうか。色好《いろごの》みで知られる『源氏物語《げんじのものがたり》』の中心人物光源氏《ひかるげんじ》の晩年を、高齢に達した愛人たちの集《つど》う六条院《ろくじょういん》の経営者だとして納得していただけるだろうか。夕霧《ゆうぎり》をピエロにし過ぎたのではないか。和歌の解釈は間違っていないだろうか。どれも私の深読みからの誤りではないか。本書を執筆中、私が絶えずさいなまれたのはこれらのことであった。

それでも勇《ゆう》を鼓《こ》して書き進めたのは、文学の読みには作者と読者の乖離《かいり》もあり、読者の深読みがむしろ作者の意図に勝《まさ》ることもあり得るということだ。特に短歌や俳句など短詩型文学は、作者は限られた短い語数で小さな世界を築き、その中に思いを凝縮して封じ込めている。読者はそれを膨《ふく》らませ、大きな世界を作らねばならない。その大きな世界が、時には作者の世界よりも豊かな意味と風情を持つことがある。

一例を挙げよう。元禄《げんろく》時代の俳人向井去来《むかいきょらい》が岩の突き出た所で月見をしようとやってくると、そこに先客がいた。「おやっ、ここにもう既《すで》に月見の客がいるぞ」。そこで去来は、**岩鼻《いわはな》やここにも一人《ひとり》月の客**

と作った。師の松尾芭蕉《まつおばしょう》は、「この句をどう思って作ったのか」と去来に聞いた。去来は「名月を見ようとして岩頭に行くと、そこには既に一人の風流人がいたという状況です」と答えた。芭蕉は「先客に〝ここにもう一人月見の客が参上して候《そうろう》〟と、自《みずか》ら名乗り出たとする解釈をすれば、更に風雅《ふうが》が幾十倍も勝るだろう」と言った。もちろん、去来は師の解釈に従うことにしたという。読者の深読みが作者の意識しなかった世界を築いたのである。

しかし、根拠なくしての深読みは大きな誤りを犯す。芭蕉は、能や狂言の人物が、舞台に登場した時に、例えば「これは諸国一見《しょこくいっけん》の者にて候」などと名乗るセリフを根拠にしているのだ。

一方、本書で私が主に根拠としたのは、平安時代の百七十二人に及ぶ個人歌集である。平安時代の歌集というと一般に知られているのは『古今和歌集《こきんわかしゅう》』以下『新古今和歌集《しんこきんわかしゅう》』に至る八代集《はちだいしゅう》だろう。八代集は勅撰《ちょくせん》だから「公《おおやけ》」、それに対して個人歌集は私撰だから「私」である。個人歌集を私家集《しかしゅう》というのでこの名称を使おう。

私家集には、斎宮《さいぐう》に恋心を抱いたり、女の下着を持ち帰る男の姿が歌われ、枕や男の靴下《くつした》の匂《にお》いを嗅《か》ぐ女の歌などもある。富に群がる人を歌い、老年の生活費のために家を売る女や、宮仕えはもう御免《ごめん》と引退して田畑を耕す男女の歌もある。生きるために半《なか》ば絶望感を抱きながらも地方官として都を離れる高齢者の嘆《なげ》きの歌は少なくない。このように日常生活にどっぷりつかった普段着の歌が「私」であり、それに満ちているのが百七十二人の私家集である。

私家集の意味することは大きい。例えば光源氏のモデル説のある色好みの風流才子《さいし》藤原《ふじわらの》実方《さねかた》の『実方中将《ちゅうじょう》集』を見ると、二十人以上の女と関係があったことが分かる。清少納《せいしょうな》言《ごん》もその一人だが、紫式部の名はなく、『紫式部集』には実方の名はない。紫式部はやや軽薄な男には身を固くしていたのだろうか。そのようなことも私家集から読み取れることだ。私家集を読むことにより、実に多くの女房《にょうぼう》や彼女たちの生き様《ざま》を知ることができる。紫式部も清少納言も和泉式部《いずみしきぶ》も、百七十二人の群像の中で生きていたのである。

私家集には『紫式部集』や『清少納言集』のように、歌を配列しただけの平凡な構成の歌集が多いが、物語的な形式の歌集のあることも見逃《みのが》せない。例えば『古今和歌集』時代の代表的女流歌人伊勢《いせ》の『伊勢集』冒頭部分は、

いづれの御時《おほむとき》にかありけん。大御息所《おおみやすどころ》ときこえける御局《みつぼね》に、大和《やまと》に親ある人侍《さぶら》ひけり。

（どの天皇の御代《みよ》であったでしょうか。大御息所と申し上げる方の局に、大和国に親のある人がおりました）

伊勢（『伊勢集』）

で始まる。「大和に親ある人」は伊勢のことで、自己を三人称化して書き始める。

摂政《せっしょう》太政大臣《だじょうだいじん》に至った藤原伊尹《これまさ》の私家集の冒頭は、

大蔵《おおくら》史生《ししょう》倉橋豊蔭《くらはしのとよかげ》、口惜《くちお》しき下衆《げす》なれど、若かりける時、女の許《もと》に言ひ遣《や》りける事どもを書き集めたるなり。

（大蔵省の史生である倉橋豊蔭は、位《くらい》もない残念な下《した》っ端《ぱ》役人だが、若い時に女の許に送った歌を書き集めたのが本歌集である）　藤原伊尹（『一条摂政御集《いちじょうせっしょうぎょしゅう》』）

と、上流貴族の伊尹が己を卑官《ひかん》の人物に仮託《かたく》して、歌物語に仕立てている。
また、藤原兼通《かねみち》を主人公にした私家集『本院侍従集《ほんいんのじじゅうしゅう》』の冒頭部分は、

今は昔、上達部《かんだちめ》の次郎なる人、覚《おぼ》えいとかしこかりけれど、まだ若うて冠《こうぶり》も得ぬおはしけり。

（今からいうと昔のことだが、右大臣藤原師輔《もろすけ》の次男で甚《はなは》だ寵愛《ちょうあい》を受けていたが、まだ若くて位を得ていない人がいた）　藤原兼通（『本院侍従集』）

と主人公を三人称化して、歌物語にした私家集もある。「今は昔」と「時」、次いで「次郎」と「人」で始める形式は、「今は昔、竹取《たけとり》の翁《おきな》ありけり」（『竹取物語《たけとりものがたり》』）的で、歌物語というよりは物語の意識である。

去来のエピソードのように、一つの作品が読む人により解釈の異なる場合が生じる。これを防ぐために、そのシチュエーションを明確にする詞書《ことばがき》や左注《さちゅう》が付けられる。その

詞書や左注が詳細になると、これらの物語的私家集や『伊勢物語《いせものがたり》』『大和物語《やまとものがたり》』などの歌物語が生まれる。ここまでは歌が主でシチュエーションの部分は従であったが、それを逆転させたのが日記や物語である。

したがって物語といえども、歌を完全に切り捨てることはできず、そのハイライトの部分には歌が据《す》えられている。王朝時代の人間の生き様を知るには、歌の理解がいかに重要であるかが分かるだろう。

『源氏物語』五十四帖《じょう》の総歌数は七百九十五首で、トップが「須磨《すま》」帖の四十八首、「明石《あかし》」帖も三十首と少なくない数である。「須磨」「明石」二帖で七十八首と、全歌数の一割を占《し》める。「須磨」「明石」二帖七十八首の中で、心に残るのは、

別れしに悲しきことは尽きにしを　またぞこの世の憂《う》さはまされる

（父帝との死別により悲しいことは尽きたと思っていたのに、継いで須磨謫行《たっこう》、次々と積み重なる世の憂さよ）

光源氏（『源氏物語』第十二帖「須磨」）

と「世の憂さ」を詠んだ歌である。この歌と、光源氏が最後に登場する第四十一帖「幻《まぼろし》」で、世に生きることを反省した歌、

憂き世にはゆき消えなんと思ひつつ　思ひの外《ほか》になほぞ程経《ふ》る

（憂き世から消えたく思いながらも、つまらない俗世間のことにかかずらわって生きて来

たなあ)

光源氏（『源氏物語』第四十一帖「幻」）

が呼応《こおう》しているように思うのは、芭蕉的読み方になるだろうか。

光源氏の「憂き世には」の歌はもちろん、紫式部の作である。この歌と先に引用した定家本『紫式部集』の巻末、

暮れぬ間の身をば思はで人の世の　哀れを知るぞかつは悲しき

（我が身だって、今日の日の暮れない間だけの、はかない命であるかもしれないことを考えないで、亡くなったあの人の一生のはかなさを思い知るということは悲しいことですね）

紫式部（『新古今和歌集』哀傷歌・『紫式部集』）

を見詰めていると、紫式部を憂鬱症のように仕立てた私の見方は、それほど強引ではなかったと思われるのである。

光源氏の「憂き世には」と紫式部の「暮れぬ間の」の二首は、和歌から知ることのできる王朝人の「生」「老」「病」「死」の話を閉じるには最もふさわしい歌だ。第四十一帖「幻」で、光源氏が「憂き世にはゆき消えなんと思ひつつ」とつぶやきながら『源氏物語』という舞台から退場すると共に、私の話も幕を下ろそう。

PHP新書

PHP INTERFACE
https://www.php.co.jp/

山口 博［やまぐち・ひろし］
1932年、東京生まれ。東京都立大学大学院博士課程単位取得退学。富山大学・聖徳大学名誉教授、元新潟大学教授。文学博士。カルチャースクールでの物語性あふれる語り口に定評がある。
著書に、『王朝歌壇の研究』（桜楓社）、『王朝貴族物語』（講談社現代新書）、『平安貴族のシルクロード』（角川選書）、『こんなにも面白い日本の古典』（角川ソフィア文庫）、『創られたスサノオ神話』（中公叢書）、『こんなにも面白い万葉集』（PHP研究所）などがある。

悩める平安貴族たち

PHP新書 1375

二〇二三年十一月二十九日　第一版第一刷

著者――山口 博
発行者――永田貴之
発行所――株式会社PHP研究所
東京本部――〒135-8137 江東区豊洲5-6-52
ビジネス・教養出版部 ☎03-3520-9615（編集）
普及部 ☎03-3520-9630（販売）
京都本部――〒601-8411 京都市南区西九条北ノ内町11
組版――朝日メディアインターナショナル株式会社
装幀者――芦澤泰偉＋明石すみれ
印刷所
製本所――大日本印刷株式会社

ISBN978-4-569-85600-1

ＰＨＰ新書刊行にあたって

「繁栄を通じて平和と幸福を」（PEACE and HAPPINESS through PROSPERITY）の願いのもと、ＰＨＰ研究所が創設されて今年で五十周年を迎えます。その歩みは、日本人が先の戦争を乗り越え、並々ならぬ努力を続けて、今日の繁栄を築き上げてきた軌跡に重なります。

しかし、平和で豊かな生活を手にした現在、多くの日本人は、自分が何のために生きているのか、どのように生きていきたいのかを、見失いつつあるように思われます。そして、その間にも、日本国内や世界のみならず地球規模での大きな変化が日々生起し、解決すべき問題となって私たちのもとに押し寄せてきます。

このような時代に人生の確かな価値を見出し、生きる喜びに満ちあふれた社会を実現するために、いま何が求められているのでしょうか。それは、先達が培ってきた知恵を紡ぎ直すこと、その上で自分たち一人一人がおかれた現実と進むべき未来について丹念に考えていくこと以外にはありません。

その営みは、単なる知識に終わらない深い思索へ、そしてよく生きるための哲学への旅でもあります。弊所が創設五十周年を迎えましたのを機に、ＰＨＰ新書を創刊し、この新たな旅を読者と共に歩んでいきたいと思っています。多くの読者の共感と支援を心よりお願いいたします。

一九九六年十月

ＰＨＰ研究所

1209 満洲事変 宮田昌明
1210 日本の心をつくった12人 石 平
1213 岩崎小彌太 武田晴人
1217 縄文文明と中国文明 関 裕二
1218 戦国時代を読み解く新視点 歴史街道編集部［編］
1228 太平洋戦争の名将たち 歴史街道編集部［編］
1243 源氏将軍断絶 坂井孝一
1255 海洋の古代日本史 関 裕二
1266 特攻隊員と大刀洗飛行場 安部龍太郎
1267 日本陸海軍、失敗の研究 歴史街道編集部［編］
1269 緒方竹虎と日本のインテリジェンス 江崎道朗
1276 武田三代 平山 優
1279 第二次大戦、諜報戦秘史 岡部 伸
1283 日米開戦の真因と誤算 歴史街道編集部［編］
1296 満洲国と日中戦争の真実 歴史街道編集部［編］
1308 女系で読み解く天皇の古代史 関 裕二
1311 日本人として知っておきたい琉球・沖縄史 原口 泉
1312 服部卓四郎と昭和陸軍 岩井秀一郎
1316 世界史としての「大東亜戦争」 細谷雄一［編著］
1318 地政学と歴史で読み解くロシアの行動原理 亀山陽司
1319 日本とロシアの近現代史 歴史街道編集部［編］
1322 地政学で読み解く日本合戦史 海上知明
1323 徳川家康と9つの危機 河合 敦
1335 昭和史の核心 保阪正康
1340 古代史のテクノロジー 長野正孝
1345 教養としての「戦国時代」 小和田哲男
1347 徳川家・松平家の51人 堀口茉純
1350 三大中国病 石 平
1351 歴史を知る読書 山内昌之
1355 謙信×信長 乃至政彦
1357 日本、中国、朝鮮 古代史の謎を解く 関 裕二
1358 今村均 岩井秀一郎
1359 近代日本暗殺史 筒井清忠
1363 人口からみた宗教の世界史 宮田 律
1364 太平洋戦争・提督たちの決断 半藤一利
1366 「食」が動かした人類250万年史 新谷隆史
1370 『源氏物語』のリアル 宮田 律
1372 家康の誤算 磯田道史

［**自然・生命**］

1016 西日本大震災に備えよ 鎌田浩毅
1257 京大 おどろきのウイルス学講義 宮沢孝幸
1272 「性」の進化論講義 更科 功
1349 なぜ私たちは存在するのか 宮沢孝幸